좀 놀아본 언니의

미심쩍은 상담소

좀 놀아본 언니의
미심쩍은 상담소

제1판 1쇄 인쇄 | 2014년 11월 5일
제1판 1쇄 발행 | 2014년 11월 10일

지 은 이 | 좀 놀아본 언니
펴 낸 이 | 박성우
펴 낸 곳 | 청출판
주　　　소 | 경기도 파주시 안개초길 18-12 1F
전　　　화 | 070)7783-5685
팩　　　스 | 031)945-7163
전자우편 | sixninenine@daum.net
등　　　록 | 제406-2012-000043호

ISBN | 978-89-92119-51-1 03810

※파본이나 잘못된 책은 바꿔 드립니다.

좀 놀아본 언니의

미심쩍은 상담소

글·그림 좀 놀아본 언니

첫출판

언니의 말

왜 삶은 청춘들에게 가장 가혹한 걸까

문득, 이 책을 준비하면서 지금껏 내가 고민 상담을 해 준 아이들의 편지를 다시 꺼내어 보았어. 정확히 2732명이더라. 이름도 성도 모르는 나. 심리학자도 정신과 의사도 아닌 나에게 오기까지, 얼마나 숱하게 흔들렸을까. 끝도 모를 낭떠러지 앞에서 얼마나 많은 동아줄을 부여잡았을까. '좀 놀아본 언니'에게 쓰는 편지가 제발 마지막 동아줄이길, 얼마나 빌고 또 빌었을까. 문득 눈물이 핑 돌았어. 천 번을 흔들려야 어른이 된다는데, 아파야 청춘이라는데. 왜 꼭 그래야만 하는 걸까. 아니, 천 번을 흔들리면 어른이 되기는 하는 걸까? 왜 청춘에게만 아프라고 하는 걸까? 우리가 아프면, 흔들리면 잡아 주지도 않으면서, 도와주지도 않으면서 왜 인생은 젊다는 이유만으로 뭐든지 다 견뎌야 된다고 하지? 길을 가르쳐 주지도 않으면서, 헤매라고만 하는 그 '얄미운' 세상, 거지 같지 않아?

힐링 힐링 힐링. 그래서 내 삶, 바뀌었니?

내게도 자기 소개서가 숱하게 떨어지고, 면접에서 수없이 면박을 당하던 취업 준비생 시절이 있었어. 그때 힐링이라는 단어가 세상에 처음 등장하기 시작했어. 취업에, 실연에, 막막한 미래까지. 고민 많고 힘들어 하던 나도 힐링 콘서트니, 힐링 멘토니 하는 책과 강연에 홀린 듯 찾아다녔었어. 그런데 들을 때마다 답답해지는 그 기분은 무엇이었을까? 꿈과 열정으로 달렸다는 100억 신화 28살의 벤처 청년 강연에게서도, 꿈꾸면 이루어진다고 말하는 스타 강사에게서도, 15분이면 세상이 바뀐다는 그곳에서도 왜 난 점점 작게만 느껴졌을까?

꿈을 향해 달리라고? 꿈이 뭔지 모르겠는 사람은 어쩌라는 거야?
열정이 청춘의 재산이라고? 그래서 그건 어디에 있는 건데?
이별이 당신을 성숙하게 할 거라고? 아니, 그 전에 연애는 어떻게 하는 거지?

이미 꿈이 뭔지 알고, 이미 사랑을 하고, 내가 하고 싶은 일을 하는 아이들이, 왜 그곳에 앉아있겠냐 이 말이야. 그래서 직접 쓰고 싶었어, 직접 말해 주고 싶었어. 내가 지나왔던 그 갑갑한 시간을 고스란히 겪고 있을 너희들에게. 힐링 힐링…. 그 지겨운 먼 나라 이야기 말고, 진짜 지금 당장 우리에게 필요한 고민부터 해결해 주고 싶었어.

우리,
꿈을 향해 달리기 전에 꿈을 찾는 방법을 이야기하자.
실연으로 성숙해지기 전에 지금 흐르는 그 눈물부터 닦아 보자.
열정을 불태우기 전에 아무것도 하고 싶지 않은 그 마음부터 달래 보자.
천 번을 흔들리지 않고도 어른이 되어 보자.
아프지 말고 건강하게 청춘을 살아가 보자.
울 만큼 울어 보고, 웃을 만큼 웃어 본, 좀 놀아본 언니와 함께.

자, 준비됐지?

감사합니다!
문지은. 더 밝은 세상으로 향할 세라. 좀 놀아본 언니의 수제자 와니. 쑝팔이 한쑝. 징징이 은재. 민아, 토순이. 자신의 목소리에 귀 기울여 한결 자유롭고 편안해진 미닝. 래빗. 추천이, 지금도 달릴 레이. 쏨. 다영이. 혼돈의 준호. D를 찾아 한 발 내딛은 구우. 피끌. 노래하는 인사 담당자 안토니오. S. 잘살고 있던 비니. 호로록. 소나무. 삽질청년. 의지대로 살아갈 재욱이. 토갱이. 자후 어머님. 그리고 나의 가족.

차례

언니,

뚱뚱한 사람은 예쁜 옷 입으면 안 돼요?

외모-뚱뚱한 사람은 멋 부리면 안 되나요?

왜 안 돼?

언니 친구 얘기 좀 해 줄게.

언니 친구 중에 L 브랜드 다니는 언니 있어.

어디냐고? 세상에서 제일 비싼 똥. 알지?
걔가 몸무게가 100kg이 살짝 안 돼.
회사 면접 때 면접관이 이런 질문을 했대.

좀 놀아본 언니의 미심쩍은 상담소

"생각보다 스타일이
참 좋으시네요?

사이즈 고르기
어렵지 않나?"

개가 뭐랬는 줄 알아?

외모–뚱뚱한 사람은 멋 부리면 안 되나요?

"맞아요.

어려워서 어릴 때부터 남들보다

옷 보는 눈이 더 예리해진 거 같습니다.

뚱뚱한 사람이 스타일링 더 어렵다는 거

아시는데도 제 스타일 칭찬해 주신 거 보면,

제 감각을 인정해 주신 거 맞나요?"

그래서,
실제로 인정받았냐고?

올해 서른이야. 근데 과장.

대박이지?

걔가 항상 옷에 대해서 하는 말이 있어.
이거 듣고 힘내라.

옷?
예쁜 년 입으라고 있는 거냐?
예뻐지려고 입는 거지.

외모-뚱뚱한 사람은 멋 부리면 안 되나요?

언니,

저는 스물아홉 살의 직장인이에요.
연봉 괜찮고, 사람도 좋고, 일도 좋아요.
주변에서는 무슨 걱정이 있냐고들 하는데,

왠지 가슴이 답답하고 30대가 걱정됩니다.
지금까지 열심히 살아왔다고 생각했어요.
그런데 직장을 다니다 보니,
목표도 꿈도 점차 희미해져 가네요.
이렇게 살다 죽는 건 아닐까…하는
허무함만 듭니다.

그냥 점점 심해로 가라앉는 느낌.
어떻게 극복해야 할지 모르겠어요.

원시인들이

먹을 것을 구하는 데엔
두 가지 방법이 있어. 뭔 줄 알아?

농경과 수렵.
그래, 국사 시간에 배운 그거.

수렵은 말 그대로
동물을 사냥해서 바로 잡아먹는 것.
농경은 알다시피 농사.

두 방법에 따라서,
필요한 능력도, 자세도 참 다르지?

사냥을 잘하려면,

순간 판단력, 스피드, 즉각적인 판단력이,

농사를 잘 지으려면,

기다림, 끈기, 매일같이 밭을 돌보는 정성이 필요하지.

우리가 살아가는 방법도
이거랑 마찬가지 아닐까?
얻고 싶은 것을 구하는
방법이라는 점에서 말야.

20대 땐,

수렵을 잘하는 아이들이 소위 '잘나가'

고딩에서 대딩,
대딩에서 (남자는) 군인,
복학생에서 취준생,
다시, 직장인으로

10년이라는 짧은 시간 동안
끝없이 내 상황이 변하고,
목표를 세워 노력만 하면,
길어 봐야 2~3년 안에 결과가 나오지.

하지만

직업인이 되고 나면, 30대가 되고 나면,
참 다르긴 해.
나 자신의 환경이 변하거나 달라지지 않아.
기껏 사원에서 대리, 과장이 될 뿐이지.

17

그 속에서

우리는 답답함을 느낄 수밖에.
가시적 변화도, 성장도
없다고 생각할 수밖에.

근데 말야.
고등학교는 3년,
대학은 4년,
군대는 2년이지만,

직장인으로서는 30년도 더 살아야 할 텐데.
매일같이 벌판을 뛰면서 맷돼지라도 잡다간
아마도 우린 제명을 다하지 못할지도 몰라.

30대라는 나이는

어쩌면,
수렵을 끝내고
농경을 시작해야 할 나이가 아닐까?

직업인으로서,
'어른'으로서,

내 꿈과 목표는
2년, 3년 만에 나타날 만한 것들이
전혀 아니지 않을까?

어쩌면,

우리 인생의 가을,
40대, 50대가 되어서 직업인으로서의
내 가치가 빛을 발할 '수확'의 시기를 보고,

지금은 '씨를 뿌리는' 봄날 같은 시간.
뭐 그런 거 아닐까?

오랜

옛날의 그 원시인들이 사냥으로
'하루 벌어 하루 먹고사는' 삶을
농사로 청산했듯,

그리고 그때가 되어서야
원시인이 아닌 '인간'이 되고,
비로소 '문명'과 '역사'를 만들 수 있었듯.

꿈을 잃은 직장인

우리 30대들도
이제는 씨앗을 뿌리는 첫발을 내딛으면서,

비로소
진정한 나 자신의
'역사'를 만들기
시작하는 것 아닐까?

언제까지 벌거벗고 호랑이 잡을 순 없잖아?

좀 놀아본 언니의 미심쩍은 상담소

언니,

저는 스물네 살이에요. 남자 친구는 서른세 살.
너무 좋고 알콩달콩하지만,
아직 결혼 생각은 없어요.
이 상태로 몇 년 가다 보면
결혼할 수 있을 거라는 생각은 있지만요.

남자 친구도 모아 둔 돈이 없어서,
당장은 결혼 생각 없다곤 하는데,
확답은 받고 싶다고 합니다.
이렇게 만나다 헤어지면
자기는 돈이며, 시간이며, 남는 게 없다고….

주변에서도 결혼 생각 없이 붙잡는 거
이기심이라는데, 전 어쩌죠?

이런 말이 있지.

남자는 가장 사랑하는 여자와 결혼하는 게 아니라,
결혼해야겠다는 생각이 드는 시기에,
자기 옆에 있는 여자와 결혼한다.

100%

맞는 말이란 생각은 절대 안 하지만,
아주 틀린 말 같지도 않아.
니 남친은
이제 슬슬 결혼해야겠단 생각이 들고,
그 순간 옆에 있는 여자가
마.침. 스물넷의 꽃다운 너로구나.

23

결론부터 말하자면,
헤어지는 게 나은 거 같아.
주변인들 말대로

남자 친구를 붙잡는 게
이기심이라서?

아니.

'만나다 헤어지면 돈이며, 시간이며 남는 게 없다.'
라는 말 때문이야.

그 말이 꽤씸하다? 자기만 알고 이기적이다?
아니, 그건 두 번째, 세 번째 문제야.
저 말을 보면,
남자 친구'도' 너처럼 결혼 생각이 없는 게 아니구만.

결혼 생각은 있는데
'돈'이 없는 상황 아닌가, 지금?
돈이 없어서 당장 결혼 생각이 들어도 엄두를 못 내는 거.
그것뿐.

그러니

결혼 생각 없는 여자와 사귀며
돈을 들였다 헤어지면,

가뜩이나 모아 둔 돈도 없는데,
새 여자 만나서 나이는 더 들 테니,
아차, 장가 못 갈 수도 있겠다 싶은 것뿐.

지금
회사 보너스로 한 1억 준대 봐.
결혼, 당장 할 걸?

결혼 자금 모이고,

외부적인 상황이 충족되면 ,
결혼, 당장 하려 들 걸?
그때까지 니가 결혼 생각이 안 들면?

당연히,
그가 먼저 깰 거야, 이 관계.

그때 되면 잘 만나다 헤어짐 '당한' 너는,
돈이며, 시간이며, 남는 게 있니?

돈이며 시간은 남자애만 잃나?
No, Never.
너도 잃어.

내가 해 줄 수 있는 말

은 여기까지.
현명한 판단하길 바라.

마지막으로,
스물네 살 꽃다운 처녀의 시간은,

어느 누구와 비교할 수 없을 만큼
초. 초. 초. 레어한 거야.

부럽다 기집애…크흡.

좀 놀아본 언니의 미심쩍은 상담소

언니,

잘생긴 선배와 '썸'을 타게 되었습니다.
어느 날 자신의 여성 편력을 얘기하더군요.

자기는 쓰레기라고,
그래도 전 좋았어요.

진짜로 다른 여자 선배, 제 친구까지
동시다발적으로 점점 엮여 가는 그.
결국 제 동기와 그는 사귀게 되었습니다.
왠지 패배감에 자존감이 낮아지더군요.
전 새 남친이 생겼지만,
지금도 동기를 보면 자존감이 낮아져요.
잘생겼던 그가 그립기도 하구요.

이 감정 어떻게 할까요.
점점 작아지는 기분이 듭니다.

야,
딱 전형적인 쓰레기네.

쬐끔 반반해서 몸 막 굴리는 놈들.
그딴 놈한테 니가 왜 이럴까?
지금 남친보다 그 선배가 잘생겨서?
반은 맞고 반은 아니야.

사람 심리라는 게 되게 웃긴 게,
여러 여자 후리고, 잘생겼고. 애매한 행동.
그 모든 것들이 버무려져서 그가

'희소성' 있는 사람

이라고 여기게 된다?
단순히 잘생겨서가 아니라

29

'쉽게 가지기 어려운 희소성 있는 사람'

이라는 점에서 쉽게 잊지 못하는 거지.

자존감이 낮은 사람들은
남이 쉽게 못 가지는, 또는 가지려 경쟁하는
'희소성' 있는 무언가를 가짐으로써
'내가 괜찮구나. 내가 꽤 대단하구나'
하는 자신감을 가지는 경우가 많아.

그런 점에서 봤을 때,
여러 여자들이 호감을 가지는 데다
꽤 생긴 편인 그 선배는 딱이지.
그런데, 분명히 말할 수 있어.

그는 **트로피 보이**야.

늙은 부자들이

예쁘고 젊은 여자를 만날 때
'트로피 와이프'라고 하지?
자신의 재력과 능력을
과시할 수 있는 증거가 바로 미녀이기 때문에
'트로피'라고 부르지.

사실은
너도 그것과 다르지 않은 욕망을
가지고 있는 거야.

그런데

문제는 말야.
트로피나 메달이 따기 어려운 건 사실이지만,
그것이 나 자신이나 내 가치가 되는 건 아냐.

31

어쩌면

지금 나를 아껴 주고 사랑해 주는 내 남친.
지나고 보면, 그는 잘생기지 않았지만,
그 사람만큼 날 편안하게 해 줬던 사람 없었다는 걸 느낄 거야.
그럼에도 왜 계속 그 선배 오빠가

'땡기느냐?'

남들이 보기에도
충분히 괜찮고, 만나기 쉽지 않은
'난이도 상' 남자라 느껴지기 때문이지.

근데,
어려운 게임 끝판 깼다고,
내가 대단한 사람인 거 아니다?

끝판 왕 깨면 엔딩 나오지?
내가 볼 때 그 게임 엔딩은 안 봐도
'배드 엔딩'이야.

언젠가 내 나이쯤 되면 알게 될 거야.
나쁜 남자, 매력 넘치는 남자보다
나를 편하게 해 주고 안락하게 해 주는 남자가

진짜 '희소한 남자'란 걸.

그러니,
친구 관계까지 와장창 깨지게 하는 그놈.
정말 그만한 가치가 있는지 잘 생각해 봐.
희소하다 = 귀하다가 아니거든.

절대.

지금쯤

배드 엔딩에서 허우적거릴,
아니면 앞으로 언젠가 반드시 그렇게 될,
그 동기를 가여이 여겨 주렴.
전혀, 부러워할 애가 아니니까.
30대 예쁜 언니들이
잘생긴 남자 다 버리고

평범해 보이는 남자한테
시집가는 이유,

이젠 좀 알겠니?

좀 놀아본 언니의 미심쩍은 상담소

언니,

저는 7월 전역하는 서른한 살 현역 대위입니다.
취업을 해야 하는데…

지방대에 딱히 스펙이랄 것도 없네요.
자기 소개서를 쓰는 것이
이렇게 어려운지 몰랐습니다.

어디서부터 어떻게 해야 할지
고민입니다.

그래.

취업. 참 나도 고민이다.
요즈음 받는 고민 메일이나 쪽지의
80%가 취업이니 나도 고민이야.
이러니 내가 취업 특집을 한번 해 줘야지.

취업이라는 거대한 산이 나한테도
뜨헉! 하고 다가오는 느낌이거든.
그 거대한 산의 첫 봉우리가
바로 자기 소개서야.

요즘,

자기 소개서가 참 변질되었다는 걸 느껴.
다들 어학 연수, 대외 활동, 인턴, 봉사 같은
누가 정했는지도 모를
취업 종합 패키지를 만들어 놓고
그걸 이용해 보따리 장사를 하는 느낌?

37

좀 놀아본 언니의 미심쩍은 상담소

어떤 질문이든지

제대로 듣지도 않고
의도가 뭔지 생각도 안 하고
그저 자기 '스펙'을 꺼내서
'이것 한번 보세요. 이것두 한번 보시구요.'
라고 호객을 하는 느낌이야.

하~ 인사팀 있을 때 읽느라 고생했지.
진짜. 다 똑같애.

다 대인 관계 원만하고,
다 창의적이래.
젠장.

자소서-내 삶의 이야기

어떤 기업도

스펙 풀 패키지를 열거하는 거 안 좋아해.
'사람'이 '사람'을 만나고 뽑는 자리야.

「짝」이라는 프로그램 기억해?
자기 소개를 하잖아? 남자와 여자가.
편집되는 사람들이 이런 사람들이야.

"안녕하세요.
저는 32세 남자 2호입니다.
서울대학교 졸업하고 지금은
○○증권에서 펀딩하고 있습니다."

와~. 진짜 「짝」에서
150명쯤은 본 거 같은 애들.

그런데,

전문대만 나오든, 못생겼든
노래라도 한 구절 하는 사람.
춤이라도 한번 추는 사람은.
편집 잘 안 된다?

자소서도 마찬가지야.

스펙 없다고 주눅 들지 마. 네버.

대신,
남들과 똑같은 이야기 쓰려고 하지 마.
그저, 나라는 사람이 어떤 사람인지.
깊은 성찰을 해 봐.
그게 묻어난 자소서가
진짜 요즘 애들에겐 없는 역량이고 스펙이야.

작은 꽃

한 송이에도 감동하는
섬세한 감성의 사람이라면.
꽃을 보고 감동받았던 얘기 써도 돼.

보험 설계사

해도 될 정도로
친구를 금방 사귀는 사람이라면,
작년 내 생일에 몇 명의 친구가
축하를 하러 와 줬는지 써도 좋아.

진솔한 내 이야기이고,
그게 내가 지원한 직무에 부합된다면
그게 진짜 자기 소개 아닐까?

우리,
이제는 '자기'를 소개하자.
'자기 스펙' 말구.

다 똑같은 자소서 읽느라 죽어 가는
인사팀 총각 처녀들도.

힘내라…크흡.

자소서—내 삶의 이야기

언니,

군대 간 남자 친구를 둔 고무신인데요.
며칠 전 헤어졌다가 남친이 붙잡아서
다시 사귀었어요.
하지만 잦은 헤어짐으로
마음이 식을 대로 식어 버린 저.
다시 원래대로 내 맘에
불을 지피고 싶은데요.

어떻게 할 방법이 없을까요?

재결합–내 마음에 불을 붙여 주세요

오늘은

간단한 실험을 해 보자.
시키는 대로 한번 해 봐.
먼저, A4 용지 한 장을 꺼내.
그리고 꺼내는 데 걸린 시간을 측정해 봐.
그 다음 그것을 구겨.

곽 곽 곽

마지막으로
원래의 A4 용지처럼 깨끗하게 펴 봐.
완전히 깨끗하게.
그리고 그 과정에 걸린
노력과 시간의 양을 재어 봐.

45

연인 관계는
A4 용지와 같다?

A4 용지 꺼낼 땐 10초가 채 안 걸렸지?
사랑도 빠지는 덴 10초가 채 안 걸려.
그다지 노력을 기울일 필요도 없지.

구기고 난 것 혹시
원상 복구 성공했니?

다리미질을 해도,
풀을 먹여도,
코팅을 시켜도 절대 안 될 걸.
그래, 어찌저찌 폈다고 치자.
그거 살짝만 다시 구기잖아?
한번 구겨졌던 그 주름대로 고대로 구겨져.
처음보다 훨씬 더 쉽게.

이게 내 답이야.

한번 깨어진 관계는,
처음 사랑에 빠졌을 때랑 절대 달라.
사랑에 빠질 땐
노력 없이 자연스럽게 불타지만,
재결합이 반복되면
스스로의 의식적인 노력이 없인 안 돼.

게다가

그렇게 어렵사리 관계를 복구시켜도
조금만 건드리면 처음 깨졌던 바로 그 이유.
그 문제로 너무도 힘없이 찌그러져 버리지.

주변에

5번, 10번 깨졌다 다시 만난 연인이 있다면,
이유는 딱 두 가지뿐이야.
서로 안 건드리려고 엄청난 노력을 했거나,

속궁합이 너무 잘 맞는 것.
단지 그것뿐.

그래서, 재결합 비추천이야.
니가,
구겨진 A4 용지를
완벽하게 펼 수 있는 사람이 아니라면.

재결합–내 마음에 불을 붙여 주세요

언니,

회사를 때려치우고 싶은 대리 2년차입니다.
매일 같은 야근에, 주말 출근…
월급도 작고, 입만 열면 헛소리인 부장
비전도 없는 회사라 미래가 막막하네요.

남들은 다 참고 다니는데
나만 유난스러운 건지

때려치워야 할까요?

퇴사 충동―이러다간, 이러려고

대한민국
2천만 직장인의 고민이군.

내가 회사를 때려치워도 될지, 안 될지
구분해 주는 좋은 방법이 있어.

좀 놀아본 언니의 미심쩍은 상담소

일하면서,
혹시 이런 생각 드니?

'이러려고' 고생해서 대학 다녔나?
'이거 하려고' 놀지도 않고 살았나?

그런 생각이 든다면,
회사 그냥 다녀.

하찮은 일,
비전 없는 일,
따까리 같은 일 하기엔
내가 아깝다? 내 인생이 아깝다?

퇴사 충동—이러다간, 이러려고

냉정하게

한번 나를 객관적으로 바라봐.
남 다 하는 일 하기엔 너무 아까울 만큼

나 그렇게 대단한 사람인가?

지금 당장 부장을 달아도
일하는 데 지장 없을 만한 역량일까?

사실,

우리가 취업을 위해서 한 노력들이란 거
대부분의 사람들이랑 비슷한 수준이야.
그래서 다른 사람들 다 하는
'이게 뭐야' 싶은 일들을 하는 거고.

좀 놀아본 언니의 미심쩍은 상담소

누구나

자기 자신은 특별하게 생각하기 때매.

나의 가치 〉 내가 하는 일이라고
착각하는 경향이 있어.
쉽게 말하면,
남자들, 거울 보면 다 자기 외모가
대한민국 평균 이상인 줄 안다잖아.

그렇다면,
회사를 정말 때려치워야 하는 신호는 뭘까?

'나 이러다간'이야.

나 '이러다가' 정말 우울증이 올 거 같아.
나 '이러다가' 30대를 싱글로 날릴 거 같아.

퇴사 충동-이러다간, 이러려고

'이러려고'는

'나는 이 일을 하기엔 아까운 사람이야.'
라고 생각하는 단순한 자만심이고,

'이러다간'은

내 직업보다 자신에게 더 중요한 가치가
침해당하고 있는 위기일발의 상황인 거야.

거울을 바라보고
입으로 직접 소리 내어 물어 봐.

□□□ 회사의 △△팀 대리로 살아가는 내 삶.
요즘 어때?
그리고 무의식을 살펴봐. 내 답이…

'이러다간'인지,
'이러려고'인지.

언니,

썸남의 속을 알듯 말듯해서요.
어제 데이트 신청까지 해 놓고
오늘 또 연락을 하는데
카톡 잘하다가 갑자기
몇 시간째 답장이 없는데
페북은 계속합니다.
왜 이러는 건가요?

카카오톡-1은 언제 사라지니

푸하하.

얘. 썸남이라며 썸남.
애인이 아니라 썸남이면,
만나기로 하고 만나면서 정든 다음에
애인 되는 거 아니냐?
애인이 되면야,
카톡은 안 보고 페북만 하는 거, 문제지만
썸남이면 그럴 수 있지 않을까?

여자가 가장 크게 범하는 실수가
그거야.

남자들의
하나하나에
일희일비하는 거.

좀 놀아본 언니의 미심쩍은 상담소

내 카톡

보지도 않고 딴짓하는 남자.
세 가지로 생각해 볼 수 있지.

1. 나한테 그다지 크게 관심이 없다.
2. 다른 여자도 더 만나 보고 있는 중이다.
3. 원래 성격이다.

1, 2의 경우면,
지금 당장 어쩔 수 있는 문제 아니야.
그냥, 데이트해서 만나 보고,
몇 번 더 만나다가 '아, 얘 정말 맘에 든다.'
싶을 때, 그때 그가 어떻게 행동하는지
다시 한번 보면 될 일이니 지금은 판단 보류!

3의 경우가 문젠데.

나한테 맘이 있어도 원래 그런 남자면,
참는 게 맞아. '애인'이 될 때까진 기다려야지.
'애인'한텐 섭섭하다 고쳐라 할 수 있어.
하지만, 썸남한텐 안 되지. 썸이잖아 썸.

여자들이 남자를 만날 때
제일 주저하게 되는 게 뭐니?

'이 남자 만나면 나 상처받지 않을까?'
남자들은 뭘 거 같아?

'아···얘 만나면
진짜 피곤할 거 같은데.'

그러니 냅 둬.

그 애도
폐북도 하고,
똥도 싸고,
피씨방도 가야지?

연애를 할 때,

남자의 지분을 내가 50%만 가진다.
나머진 그의 친구, 가족 등이 나눠 가진다.
그래도 최대 주주는 나야.
라고 생각하는 마인드가
연애를 오래가게 한대.

지금은

애인도 아니고 썸이니까.
내 지분. 20% 정도 아닐까?
썸은 원래, 다 그런 거야.

내꺼인 듯
내꺼 아닌
내꺼 같은 너.

젠장.

좀 놀아본 언니의 미심쩍은 상담소

언니,

안녕하세요! 저는 스물세 살 대학생입니다,
남친은 스물여섯 살이고 2년쯤 되어 가요.
다정다감하고 친절한 사람이라,
크게 불만 없이 잘 사귀고 있었지요.

그런데, 데이트를 일주일에 두 번 정도 하는데
오빠 집에서 할 때가 점점 많아지고,
그러면 잠자리가 항상 껴요.
싫은 건 아닌데….
이 남자 나랑 이것을 위해 만나는 걸까?
호감도 호의도 다 그것을 위한 것일까?

진짜 사랑인 걸까?
의문이 들어요.
제가 이상한 걸까요?

이런 말이 있어.

'성욕이 왕성한 여자는,
보통의 남자와 비슷한 성욕을 가진 여자다.'

여자가
'보통' 남자만큼 성욕이 있다면,
여자 중에선 TOP이란 소리지.

그만큼 남자와 여자는 근본적으로 달라.
물론, 매번 데이트마다 잠자리를 한다는 거,
사람에 따라 좋을 수도 나쁠 수도 있어.

65

그런데
결국 걱정되는 건,

'이 남자 나를 사랑하지 않는 게 아닐까?'

라는 것이잖아?
그렇다고 물어볼 수도 없고.

이 부분을 한번 보자구.
'2년'을 불만 없이 잘 사귀고 있다는 포인트 말이야.

귀찮은 걸 제일 싫어하는
'남자'라는 종족이,

여자가 '불만 없는 연애'라 느낄 만한 관계를
'2년'이나 유지한다는 건 엄청난 노력이 필요하다고 봐.

'잠자리'만을 위해

그 긴 시간을 그만큼의 노력을 할까?
난 아니라고 생각해.

내가 분명히 말할 수 있어.
그도 너를 애정하고 있다.

그렇다면

이 고민은 단지,
데이트 방식의 문제일 수 있다고 생각해.
2년의 시간 동안 내가 불만을 느끼지 못할 만한
그런 연애를 지속해 온 남자라면,
이런 문제에 대한
대화를 할 귀, 충분히 열려 있을 것 같은데?

그리고,

마지막으로.
스물여섯 살의 남자애가,
일주일에 두 번…

지극히 정상이다 너.
레알 정상.

라면 먹고 갈래?

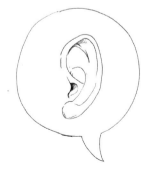

좀 놀아본 언니의 미심쩍은 상담소

언니,

저는 스물다섯 살 여자입니다.
공고 졸업하고, 대기업 생산직 일을 했어요.
가난과 불화로 돈. 돈. 하시던 부모님은,
그 돈마저 보증으로 날리고 엄마는 암.

'이렇게 살고 싶지 않아.'란 마음으로
퇴사를 하고 『꿈꾸는 다락방』이란 책을 읽고,
영어 강사가 되겠다는 꿈을 꿨다
5개월 만에 포기했어요.

그 후 여행을 다녀왔지만 독이 되었어요.
티비에서만 보던 부유한 집 딸, 전문직들….
4년제라도 가겠다고 공부를 시작했지만,
매일 부잣집 딸들의 블로그만 보면서,
열등감만 늘어 갑니다.
왜 애들은 부자일까? 하고픈 거 다할까?

사람은 절대 환경을 지배할 수 없다던
글이 떠올라 하루하루 무력해요.
저… 달라질 수 있나요?

열등감의 늪─인생은 원래 불공평하니까

블로그 속 여자들을 부러워하는 건,

그들이 부자여서 그런 거야?

아니면

'걔넨 행복할 거다.' 라는 생각 때문인 거야?

빌 게이츠가 이런 골 때리는 말을 했다?

'인생은 원래 불공평한 것이다.
내가 하룻동안 버는 돈을 당신들은
평생 벌지 못할 수도 있다. 그게, 현실이다.'

그래. 그것이 현실이야.
그런데, 우리 다시 처음의 이야기로 돌아가 보자.
다시 한번 물어볼게.

'부잣집 딸'이
되고 싶은 거야?

아니면 '행복한 사람'이
되고 싶은 거야?

아니,

그 전에 부잣집 딸이
정말 행복하다고 생각하는 거?

뭐 백번 양보해서,

부잣집에 시집을 가든,
로또가 되든 부자가 되었다 치자.
지금 당장 현실에서
행복을 찾을 수 없는 사람은,
꿈꾸던 그 순간이 다가와도
행복해지지 않아.

왜 그런 줄 알아?

그 순간에

도달하기까지 내 머릿속 기본 세팅은
'현실은 행복하지 않다.
행복은 저 너머에 있다.'
로 습관이 박혀 버리기 때문이야.
어떻게든 기를 쓰고
행복하지 않은 포인트를 찾아낼 거란 거지.

'부자 되려고 애쓰다가, 젊음 다 잃었어.'
라든가

'날 때부터 부자인 집 애들 사이에선
졸부 취급받을 수밖에 없구나.'
라든가.

그럼 어떡해야 하냐고?

열등감의 늪-인생은 원래 불공평하니까

후회는,
그리고 불만은,
그리고 열등감은,

매일 살아왔던 '어제'들.
그러니까 그때 당시엔 '오늘'이었던

그 날들에 대한
자기 자신의 총평이야.

오늘,

해야 할 작은 일을 해.
책상에 앉아 1시간만 집중해서 공부하기.
가고 싶은 대학의 정문에서 인증샷 찍기.
이걸로 행복해질 리 있냐고?

물론, 아닐 수도 있지.

하지만 이것 하나는 분명히 말할 수 있어.

오늘, 지금. 간단히 할 수 있는
일들마저 할 수 없다면,
숱한 시간을 고생해야만
이룰 수 있는 일은 결단코 할 수 없어.

열등감의 늪-인생은 원래 불공평하니까

인생은 불공평해.

그녀들이 가진 것보다 우린 적게 가졌어.

그러니까,
우리에게 주어진
공평한 단 한 개의 자원마저 잃지는 말자고.

시간.

오늘.

그리고 젊음.

언니,

안녕하세요!
저는 20대 초반 여대생입니다.

저는 약 3년 전에 양다리 남친한테 데고,
진짜 힘들 때 옆에 있어 준 남자애랑 잘돼서 만났는데
알고 보니까 그놈도 바람피우고 있었고…
이 이후로 저는 연애는 개뿔

진짜 철벽녀가 됐어요.

물론 연애하고 싶죠.
근데 솔직히 말하면 이렇게 계속해서
데고 나니까 무서워서
아무도 못 만나겠어요.

전 도대체 어떻게 해야 할까요?
극복을 할 수 있기나 한 걸까요?

당연히

극복할 수 있지.
물론 지금 당장은 아니야.

철벽녀.
답답한 일인 거 너무 잘 알아.
나도 그런 경험 너무, 너무 있었거든.

바람피운 쪽이

되려 당당한,
'네게서 매력을 못 느낀 거 같다.'
그런 멍멍이 짖는 소리들을 들으면서
내 문제일까.
내가 모자란 걸까.
그렇다면 또 상처받을 테니 닫고 살자.
두렵고 몇 년을 쉬었는지 몰라.

좀 놀아본 언니의 미심쩍은 상담소

그런데 말야.

그렇게 철벽 울타리에 갇혀 보내는 시간들 속에서,
어느 책의 글귀가 나를 정신 차리게 했어.

'아무도 울지 않는 연애는 없다.'

살아가다 보면,
내가 우는 연애도 분명히 있는데.
내가 울린 연애도 한다는 걸 잊을 때가 많다?

언젠가의 나는
정말로 울고 울었던 슬픈 나이지만,
내 기억 속에서 희미해진,
또는 의식적으로 잊어버린
언젠가의 나는, 또는 미래의 나는
누군가를 절망에 빠트리고
상처 주고 할퀸 나이기도 한 거야.

그래서,

사랑은 그냥.

연애는 그냥.

'그런 것'인 거 같아.

사람은,

누구도 나쁘지 않아.
근데 사람은, 누구도 착하지 않다?
그저, 욕구에 따라서,
사랑받고 싶어서 발버둥치는 거뿐야.
그런 과정에서 누군가를 할퀴기도 하고
할퀴어지기도 하는 거지.

마치

교통 사고를 낸 가해자가 모두
그들의 삶 속에서 악인이었던 것도 아니고,
당한 피해자들이
모두 선량한 시민만은 아닌 것처럼 말이야.

그냥,

연애는 '사건'이고

실연은 '사고'일 뿐이야.

두 번 연타로 치인 것. 그게 다라고.
다치고 싶지 않아서
집 밖으로 나가지 않는다고 내 몸, 성할까?
이불 안에만 가만히 있으면 안전할까?
아니,
오랫동안 이불 안에만 가만히 있으면
오히려 욕창이 생기고 몸에 곰팡이가 필 테지.

어차피,

우리는 어떻게든 움직이고
상처도 나고, 후시딘도 바르고,
햇빛도 쪼이며 살아가는 거 아닐까?

그러니 지금은

그냥 둬. 스스로를.

지금은 움츠려도.
또 다른 미래의 언젠가엔
'아오! 좀이 쑤셔서 못살겠다!'라며
박차고 나갈 거야. 분명.

좀 놀아본 언니의 미심쩍은 상담소

그리고

그 순간에,
쉴 만큼 미친 듯이 뛰면,
그걸로 충분하지 않을까?

그리고,
널 철벽에 가둔 고 바람둥이 놈들.
준 대로 받을 거야.

아무도 울지 않는 연애는
절대로 없으니까.

언니,

직장을 그만둔 지 3개월인 30대입니다.
일이 힘들어서, 내 시간이 없어서,
여유로운 삶을 위해서 그만두었건만,
3개월 내내 방 안에만 틀어박혀
아무것도 하지 않고 있습니다.

다른 곳에 취업해도
더 나아질 거 같지 않다는 생각만 들고,
쉬는 동안 무얼 하고 싶다,
자기 계발을 하고 싶다는 생각도 들지 않아요.

20대 내내 쉼 없이 열심히 살아왔건만,
갑자기 대체 왜 이럴까요?

무력감-내 배터리가 다 닳아 버린 순간

그저

잠만 자고, 아무것도 하지 않은 채
멍한 기분으로의 3개월.
지금까지 그런 것은 그렇다 치자, 지나간 거.
앞으로도 그런다면 분명 문제겠지.

많은 힐링 서적들이
'아무것도 하지 않아도 괜찮아.'
'그냥 있는 그대로의 너도 괜찮아.'
라고 말하지만, 이건 조금 다른 문제지?

인생길이 산행이라면,

열심히 오르고 오르다
중턱에서 누구나 쉬어 가지.
쉬는 동안은 졸아도 좋고,
라면을 먹어도 좋고,
소나무에 등을 대고 턱턱 쳐도 좋아.

하지만,

중요한 건 중턱에서 계속 쉴 수만은 없단 거야.
언젠가 해가 지고, 어둠이 깔리면
나는 오르지도 내려가지도 못하게 될 테니까.

지금의 우울함과 막막함은,
산 중턱에서 휴식 시간 동안 할 수 있는 것들은
이젠, 다했다는 뜻일 거야.
해가 질지 모른단 뜻일 거야.

이제
다시 일어나 걸어야지.

꼭 정상을 보기 위해 걸으란 뜻도 아니고,
등반을 완수하라는 뜻도 아냐.

아마 넌 꼭 정상을 봐야 한다거나,
등반을 멋지게 해내야 한다는 강박 탓에
더 움직이지 못하고 있는 것일지 몰라.

무력감-내 배터리가 다 닳아 버린 순간

그게 아냐.

그저,
그 자리에 주저앉아서 할 일은
더 이상 없으니까 걷는 것뿐이지.
그리고 기왕 걸어야 한다면,
정상을 밟아 보기 위해 남들보다
조금 더 바삐 걸음을 재촉하거나.
아니면
조금 천천히 걸으며
갓 피기 시작한 꽃, 산속의 작은 사찰을
구경해도 좋고.
이것들은 옵션일 뿐이란 거야.
어떻게 걷는 것은 문제가 되지 않아.

하지만
지금은 다시 걸어야 할 때란 것.
그것을 알려 주는 신호일 뿐.

방 밖을 벗어나.

어떻게든 방과 이부자리를 벗어나.
어떻게든 아침에 일어나.
어떻게든 아침 식사를 해.

조금씩 조금씩, 다시 시동을 걸어.
아주 조금씩이어도 좋아.

이 지독한 무기력에도 끝은 있고
너는 계속 살아가야 해.

무력감–내 배터리가 다 닳아 버린 순간

그 사실을 잊지 마.

나는 계속,
살아가야 한다는 것.

그때 마주한 내가, 무기력에 지친
무거운 몸이면 힘든 건 나 자신일 뿐이야.

그 사실을 잊지 마.

나는 계속,
살아가야 한다는 것.

나는 계속,
살아가야 한다는 것.

무력감-내 배터리가 다 닳아 버린 순간

언니,

저는 스물두 살 모쏠이에요.
1년 좋아했던 사람이 있었는데 잘 안 됐어요.
일곱 살 차이가 났는데 저 어리다구 하더군요.

근데 나중에 연락 돼서 만났는데
서로 취해서 껴안고 뽀뽀하고 오빠도 나 좋다 했는데
담날 기억이 안 난다며 회피하더라구요.
상처받았지만 좋아해서 다시 연락했는데도
답이 없길래 저도 포기했죠.

그러고 나서 제가 도서관에서 용기 내
음료수 준 남자분이 있어요.
근데 그 남자분이 술 마시러 가자, 모텔 가서 자자,
그러더라고요. 충격받았죠.

근데 너무 외로워서
이 사람이랑 연락을 못 끊겠더라구요.
물론 붙잡지 않으면 그만이지만
외로움을 잊고 싶어서 딴 걸 해 보는데
뭘 하든 간에 마음이 어지럽네요.

힘들어요.

쉬었다 갈까?—술만 먹으면 개 되는 남자

마음이

어지러운 이유는 뭘까?
내가 좋아하는 남자들이 떠날까 봐?
다시 외로워질까 봐?
문젠 그거네. 그 불안감 때매
너무 쉽게 '준다'는 거.

외로움 때문에,

그들이 원하는 걸 들어주면 내 곁에 있을까,
아니 그들이 달라는 걸 거절하면 도망갈까
두려워서 너무 쉽게 줘 버리면
그들은 그들이 원하는 걸 쉽게 얻었기 때문에
당연히 더 이상 너에게 손을 내밀지 않아.
무언가를 얻으려면 대가가 필요하다는 걸
남자들에겐 가르칠 필요가 있다고!
그럼, 자자고 했을 때 거절했으면 그 남자들.
너에게 더욱 적극적으로 대했을까?
남친이 되었을까?

No, Never.
여기서 두 남자와의 접점을
한번 다시 되짚어 보자.
'술' 먹고 '뽀뽀', '술' 마시러 가서 모텔.
미안하지만 지금
애정과 욕정을 구분 못하는 건 아니잖아?
아마 거절했다면,

'시바. 존나 비싸게 구네.'

라고 생각하고 연락 끊었을 거야.
어떤 식으로든 그 관계
유지되지 않았을 거란 소리야.

쉬었다 갈까?-술만 먹으면 개 되는 남자

자,

쥐도 끊어질 관계. 안 쥐도 끊어질 관계.
어차피 그들은 욕정에 한껏 부푼
'고추'들일 뿐인데, 내 소중한 입술, 몸 주고 나서,
마음 더 깊어지고 나서 내 맘에 상처만 더 내는 거.
그거 일종의 자학이야.

그러면

내 외로움은 어떡하냐고?
남자한테 먼저 다가가면 안 되냐고?
아니.
난 적극적인 여성이야말로
가장 매력적인 모습이라 생각해.
단, 적극적이되 애정을 갈구하지 않아야
그 오빠들은 변하지 않을 거야.
뭘로 변하냐고?

'DOG BABY'들.

언니,

전 대학 4학년 올라가는데요.
어릴 때부터 연예인 매니저가 꿈이에요.

'S대 나와서 그거 하나.'

라고 다들 말해요.

진로-엄마, 서울대만 가면 다 된다며!

아마,

S대가 '그 S대'가 맞다면,
흔히 볼 수 있는 진로가 아니긴 하네.

비슷한 친구들을 만난 적이 있어.
철학관을 차리고 싶은 연세대생이 있었지.
그리고 셰프가 되고 싶은 서울대생도 있었고.
똑같은 고민을 하고 있더군.

걔네가 살면서 제일 많이 들은 말이 뭘까?

"야, 그딴 일 할 거면
왜 그 좋은 대학 갔냐?
졸업장 나 줘."

좀 놀아본 언니의 미심쩍은 상담소

대박 짜증 나지?

그런 말 안 들으려면 어떻게 해야 하냐고?
이런 말을 듣는 사람이 되면 돼.

진로-엄마, 서울대만 가면 다 된다며!

걘

뭘 해도 될 애야.

걘

평범한 사람이랑 좀 다른 거 같아.

어떻게 듣냐고?

학벌 좋은데
'굳이' 돈 안 되는 직업을
가지고 싶어 하는
철없는 사람

이야.

진로-엄마, 서울대만 가면 다 된다며!

남들과 다른

시각,
논리,
안목

들을 가지고

이 직업을 선택하려는
너만의 이야기를 확립시키지 못하면,
앞으로도 계속, 쭉!
저런 생각으로 널 본다는 거지.

취업 준비생들이 서류에 뭐 쓰니?

'나는 왜 이 기업에 필요한가.'

를 어필하지?

너는 주변 사람들을 향해서

'나는 왜 이 직업을 해야 하는가.'

그것에 대해서 확실한 논리 구조의 믿음을 주는 어필을 해야지.

알겠어? 사람들이 지지할 수 있는
확고한 너 자신이 되라는 거야.
고집부리는 쩽쩽이 말고. OK?

진로-엄마, 서울대만 가면 다 된다며!

앞의 개네들은 어떻게 됐냐고?
다들 그 과정들을 거쳐서 지금은

철학관 원장.
프랑스 르코르동 블뢰 유학.

이제, 네 차례다.

좀 놀아본 언니의 미심쩍은 상담소

잘되면,
언니 잊지 마라.

난 YG 좋아한다.

진로—엄마, 서울대만 가면 다 된다며!

언니,

혼자가 된 지 4년 반,
이제는 늪에서 빠져나오려구요.
지나간 시간들이 아까워요.

이제는 연애하고 싶어요

더 오래 힘들었고,
더 오래 생각했으니,
다음 사랑은 더 깊을 겁니다.

언니 저런 말 하는 스타일, 아닌 거 알지?
오래 힘들었다고 다음 연애는 더 성숙해?

그런 게 어디 있어.

뭐, 그래도 4년 반 동안
스스로를 돌아본 건 칭찬해 줄만 해.
다른 사람들은 금방 다시 사랑하는데,

나는 왜 그렇지 못할까.
나만 유난스러운 걸까.

싫었을 수도 있어.
근데, 그거 좋은 방법 아닌 거 알지?

사람은 사람으로 잊는 거라는 말도 있지만,
그건 말 그대로 '상처를 잊는 것'일 뿐이야

110

상처는 잊는 게 아니라,
아물어야지.

안 그래?

잘했어.
4년 동안 잘 아물었을 거야.
하지만, 오래 쉬었다고
그만큼 많이 성숙해진 거 아니야.
아마 지난 4년 반의 시간들을
보상받고 싶은 마음에,
'오래 성숙했으니, 꼭 만날 거야.'
라고 생각할지 모르는데,

미안하지만 그거랑 그건 관계없어.

지난 시간에 대한 보상은
신도, 시간도, 누구도 해 주는 게 아니라,

니 발바닥이 해 주는 거야.

이제 발바닥에 땀나게 찾아.
만회해.

꼭 좋은 사람 나타날 거란
빈말은 절대 하지 않겠어.

니가 찾는 만큼 찾아질 거야.

이제는 연애하고 싶어요

4년 반을 울었으니,
4년 반 정도는 뛰어 봐야지 않겠어?

잘되면 소개팅.
잊지 마라.

좀 놀아본 언니의 미심쩍은 상담소

언니,

눈뜨자
생각난 것이
왜 언니일까요?
가진 것 하나 없는
서른여섯 여자에게도 해 줄 말이 있을까 궁금했던 걸까?
내가 잠에서 답답함에 깬 건 두려움일까요?

친구들이 서른일곱이니.
아무리 한 살이 어려도
내 인지 나이와 마인드는 이미 삼십 대 후반
끝인 나이라는 인식.
그래, 나는 사실 따지고 보면 서른여섯이라는
위로의 시간도 이제 곧 4개월밖에 없구나.

친구가 서른일곱이라고?
또래가 서른일곱이라고 말하는 게 낫겠다.
나는 한 명의 친구도 없으니
직업도 사랑하는 내 남자도 모아 놓은 돈도 없이,
하기 싫은 일을 하며 열심히 모으다 일하기 끔찍하면
그냥 나와 백수로 무의미한, 지금 같은 시간을 보낸 게 1년, 2년.

그 반복 뫼비우스의 띠마냥
반복된 지난 내 삶의 모습.
왜 이렇게 살게 된 걸까?
어디서 내 인생의 단추가 잘못 끼워진 것일까?

당신의 글

잘 보았어.

문득

깊은 밤 혼자 맥주 한잔에
핸드폰을 만지며 *끄적끄적*하는 그 순간
당신의 글에 답장해야겠다고 생각했어.

나이, 삶.
그래. 그것 어쩌면
저물어 가는 느낌을 받는 그 순간의 생각들.

희미하게나마 느낄 수 있었던

'도전'이니
'희망'이니 하는 것들이

문득 어느 날 웃기지도 않는 먼나라 이야기처럼 들릴 때

사실은

'사람이 왜 살아야 하는 걸까.'
하는 생각이 들고, 그럼에도 멋들어지게
소설 속 주인공들처럼 자살을 할 용기도 없는 것.

그게 저물어 가는 지금 나.

당신을 생각하니 저런 감정들이 흠뻑 들었던 걸 왜일까.
그런데, 아이러니하게도.

사실 난 알아.

사람의 생각이란 거,
사실은 고작 뇌의 작용에
다름없다는 거.
당신 역시 마찬가지라는 거.

117

성직자,
거지,
정치인,
갑부,
공무원

모두 다 다른 인간들을
한 방에 가둬 두고 닷새를 굶기면,

고상한 척하던 성직자도,
의기양양하던 갑부도
다들 똑같은 생각 하나뿐이란 거.

사실, 우리가 스무 살이니 서른이니 마흔이니,
그 속에 잠기는 우울? 글쎄 그게 진짜일까.

118

서른일곱 살-저물어 가는 청춘의 우울

나는 알아.

당신의 그 기분.
서른일곱 살이어서가 아니라,
단지, 직업 없이 공백기가 길어진,
사실은 당신뿐만 아니라

스물세 살짜리도,
서른일곱 살짜리도,
스물여덟 살짜리도,

똑같이 드는
감정일 뿐이란 거.

좀 놀아본 언니의 미심쩍은 상담소

왜냐면,

오늘도 난 당신과 꼭 같은 이야기를 하는
스물두 살짜리의 여자아이, 스물일곱 살짜리의 남자아이들의
이야기를 듣고 있으니까.

그러니까.

우울해도 상관없지만,
그게 당신의 서른일곱 살이라는 그 무게 때문이라는 생각엔
나는 찬성할 수 없다고 말하면,

그것으로 조금이나마 당신에게 위로가 될까.

서른일곱 살-저물어 가는 청춘의 우울

언니,

저 우울증인 것 같아요.
휴학하고 싶은데 부모님은 남들은 더 힘들게 산다고.
제가 문제인 걸까요?

왜 나 빼고 다 행복해 보이지?

먼저,

한마디만 해 줄게.
우울증은 감기나 골절이랑 똑같은 거야.
우울증 그 자체는 인정하되,
그것이 내 원죄인 양 자학하진 마.

감기 걸렸다고
자학하는 사람 봤니?

좀 놀아본 언니의 미심쩍은 상담소

여튼
이건 내 전문 분야다, 얘.

어? 언니도 우울증이었냐고?

지금의 모습을 보면 상상이 안 되지?

그거 알아?

심리 상담, 정신 상담가들이 그 직업을 갖게 된 건,
사실은 과거에 그들 자신이 상담을 간절히 필요로 하는
그런 사람들이었기 때문이래.

나도 마찬가지고.
자, 이제 언니가 행동 지침을 줄게.

일단, 휴학은 반대.

우울증의 천적이
무한대의 시간이래.

끝없는 생각의 릴레이 때문이지.
우울증을 심화시키지 않는 선에서
적당한 일과가 있는 게 나아.
게다가 부모님이랑 다투는 거 피하고 싶잖아?

좀 놀아본 언니의 미심쩍은 상담소

두 개 정도

간단한 교양 수업만 등록해.
수영, 사진, 문화 유적 탐방 같은 거 있잖아.
하루 2시간 정도만 학교에 가게.
그리고 적어도 아침 해를 보며 일어나게.

일단 부모님이랑 맞서 싸울 필요가 없고,
적당히 쉴 시간도 낼 수 있을 거야.
이 시간에 뭘 하느냐?

상담을 받는 거야.

정신과에 갈 필요 없어. 학생이 이럴 때 좋지.
교내에 심리 상담 센터가 있을 거야.
기록도 남을 걱정 없으니 꼭 받아 봐.
언니보다 쎈 언니들이 쿨하게 들어줄 거야.

왜 나 **빼고** 다 행복해 보이지?

마지막으로,

당분간은 facebook 하지 마.

개네 다 행복한 거 아니니까.

언니,

저는 스무 살 반수생입니다,
하지만 저 반수 시작해 놓고 나서
제대로 공부를 해 본 적이 없어요.
딱히 흥미도, 해야겠다는 느낌도 귀찮음에 뭉개지지요.
한심하죠. 저 잉여롭게 살아요.
학생 때 머리 좀 좋은 축에 속해서
시간 주어지고 충분히 준비하면
좋은 성적을 더 따낼 수 있다고 생각했는데
뭐 공부란 거 그리 낭만적인 거 아니더라고요.

저 지금 국립대 다니고 있는데,
다양한 사람들 만나고 싶어서 서울로 가고 싶어요.
저 정말 한심하네요.

생각해 보니
도대체 어떤 마음인지,
왜 행동하지 않는지, 무엇을 원하는지 잘 모르겠어요.
계속되는 바보 같은 생활에 몸도 마음도 지치네요.

수험생–열심히 해야지 생각하며 누워 있는 나

스무 살의 나도
너랑 비슷한 생각을 했고
비슷한 상태였지.

공부 별로 안 해도
머리가 좋은 편이라 대충 성적은 나오고
그래서 나도 별 마음에도 없는 대학을 입학했었어.

근데,
미련을 떨칠 수 없어서 반수를 시작했지.
'열심히 하겠어!' 라는 허황된 다짐과 동시에.

그리고 잉여 생활의 시작.

결과는 반수 실패했어.

다 떨어져 버렸어.

서울로 오고 싶다는 마음의 크기가 얼마나 큰지 모르겠지만.

나의 경우는 서울대를 가 보고 싶다는 생각으로 한 반수였어.

근데 반수 실패하고 스스로 생각해 보니

'가고 싶긴 하지만
안 가면 죽을 만큼
간절하진 않으니까.'

설렁설렁 한 거였더랬지.

수험생-열심히 해야지 생각하며 누워 있는 나

그래서 삼수를 시작하면서 생각했어.

왜 서울대를 가고 싶지?
근데 왜 난 이렇게 게으르고 잉여롭지?

내 결론은

내가 지금 이렇게
잉여에 게으르고 한심한데,

아마도 반수, 삼수를
성공하지 못하면

'평생을 이따위로 살 것 같다.'

그렇게 생각을 구체화시키고 나니까.

알겠더라. 해야 한다는 거.
그래서 그 길로
부모님 몰래 다니던 대학 자퇴서를 냈어.
싸대기도 몇 대 맞고.

그리고 이윽고
나는 공부를 시작하게 되더라.

내 경험이 도움이 될진 모르겠지만,
딱 나 스무 살 때 생각이 나서,
딱 그때의 나와 닮아서 답변하게 되네.

너 자신에게 더욱 많은 질문을 해 보고
현명한 판단하길 바라.

수험생—열심히 해야지 생각하며 누워 있는 나

언니,

제 20대는 실연의 연속이에요.
자존감이 바닥을 뚫고 내려가네요.
예뻐져야만 이 끝없는 실연이
끝날 거 같은 강박에 시달려요.

예뻐지고 싶어요

한 번의 실연은

눈물, 추억, 그리움을 남기지만
거듭되는 실연엔 장사 없지.
상대는 계속 바뀌는데도,

난 언제나 이별을 맞닥뜨리니까.
난 맨날 차이니까.

내가 문제라고 느낄 수밖에 없지 않겠어?

좀 놀아본 언니의 미심쩍은 상담소

다들 뻔한 이런 생각들 하지.

'내가 조금만 더 예뻤더라면.'
'내가 저 애처럼 여우였더라면.'
'내가 더 성숙한 사람이었더라면.'

사람 다 똑같아.
당연한 거야.
니 말대로 예뻐지면 연애 기회가 엄청 늘지.
근데, 한 가지만 물어보자.

네 모든 전 남친들이
널 찬 이유가 정말로,

'예쁘지 않아서.'

그거뿐이니?
아마 아닐 것 같은데.

실연을 더 이상 안 당하려면,
이별의 이유를 짚어 봐야지,
예뻐져서 만남의 기회만 늘면 뭐해?

137

아마 네가
예뻐지고 싶은 이유는,

실연을 안 당하고 싶어서가 아니라,
다시 찾아올지도 모를 실연과 상처를 향해
이런 방어막을 치고 싶어서일 걸?

괜찮아!
난 예쁘고 매력적이니까.

남자는 많아!
또 다른 남자 만나면 돼!
내가 너 간다고 무서울 거 같아?

진정으로
그런 자기 방어를 원하는 거라면,

성형도
다이어트도
지방 흡입도 해

다 해.
절대 안 말려.

근데,

그게 아니라 진득한 사랑을 찾는 거면,
핀트는 달라져야지.
진정 오래도록 마음을 나눌 이성을 만나서,
더 이상 실연당하지 않는 게 진짜 니 희망 사항이면
강박을 느끼더라도

외모가 아닌
다른 것에 느껴야 하는 것 아냐?

강박에서 벗어나란 말 안 해.
말대로 되는 것도 아니고,
자신을 변화시키고 싶은 열망의 반영이니까.
하지만, 포커스를 다시 맞춰 보길 바라.
아마 지금 그 강박은, 답이 아닌 것 같다.

좀 놀아본 언니의 미심쩍은 상담소

언니,

졸업한 지 3년째에요.
취업 정말 하고 싶어요.
어디라도 좀 가고 싶어요.
정말 아무 데나 가고 싶진 않지만요.

나 살아온 이야기를 조금 해야겠다.
나도 취업 준비생이던 시절이 있었고
그때의 내 맘과 꼭 같네.
언니도 그렇게 멘붕으로 살다가

운 좋게 대기업에 입사했어.

채용팀에 가서 신입 사원 뽑는 일을 했지.
매일 취준생을 만나면서,
취업이 얼마나 힘든지 보고
내가 다니는 이 기업을
얼마나 많은 아이들이 꿈꾸는지, 프라이드를 느꼈지.

그런데,
동기 중에 제일 먼저 그만뒀어.

143

있잖아,

자기 소개서와 이력서, 면접을 거치다 보면
세 가지의 유형으로 지원자들이 분류된다?

1. 취업의 의지가 그닥 크지 않은 사람.
2. 취업이 간절할 뿐, 이후를 생각 못하는 사람.
3. 하고자 하는 바가 분명해서 취업하는 사람.

3번이 취업 잘될 거 같지?

3이라고 꼭 붙는 거 아니구,
1이라고 꼭 떨어지는 거 아니더라.

취업-어디라도 붙고 싶어라

단, 합격한 후 살아가는 삶이 달라.

난 2에 가까운 사람이었어.
하루하루가 무기력하고 시니컬했지.
꼭 붙고 싶어 하는 취준생의 눈빛을 보면서

'들어오면 개고생인데,
에휴~불쌍한 아기들…'

맨날 그랬다니까.

좀 놀아본 언니의 미심쩍은 상담소

꿈 너머 꿈

이라는 말 알아?
지금 네 꿈은 번듯한 대기업에 입사하는 것이지만,

그 이후의 삶은 어떨지,
그리고
그 삶의 모습이
니가 원하는 방향인지.

어쩌면 내 평생이 될 수 있는 길이잖아.
안 그래?

146

조금 늦어도,

취직 그 자체 말고 이후의 삶을
먼저 생각해 보고 길을 찾길 바라.
회사 사이즈나 연봉 말고.
난,
그 길에 대한 고민 없이 무작정 입사해서
여대생들의 꿈인 대기업 + 패션 회사라는
겉보기에 좋은 조건에도 불구하고
내 손으로 사표를 던지고 나와 버렸어.

취업은 중요해.

하지만 취업이 중요한 이유는
취업 그 자체가 아니라,

내 일생의 방향을 정하는
첫걸음이기 때문이야.

합격의 기쁨은 잠깐이야.
페이스북에 직장명 올릴 때 잠깐이라고.
그 이후에 펼쳐질 니 삶이
진정으로 만족스러운 길을 생각해 보길 바라.
오랜 구직에 지친 마음 알아.
나도 니가 취업은 꼭 되길 바라지만, 그 길이

'어디라도'가
아니었으면 좋겠어.
'아무 데나'도
아니었으면 좋겠어.

좀 놀아본 언니의 미심쩍은 상담소

길만 열심히 생각해,
그런다고 취업이 되냐고?

언제든 메일 줘.
언니가 책임지고 도와준다.
자소서, 인적성, 면접.

전부, 다.

취업-어디라도 붙고 싶어라

나, 인사팀이었다니까.

언니,

고민이 너무 많아서 고민이에요.
매일 걱정, 근심은 늘어만 가는데
이게 쓸데없는 고민인지,
내 발전을 위한 건지 모르겠어요.

오랜만에 명쾌하게 답할 만한 질문이네.

단 한 페이지로 답을 줄 수 있어.

고민이 생길 때마다,

이런 질문을 해 봐.

'이 고민이 5년 뒤에도
이어질 고민인가?'

YES 라면, 진짜 고민.
NO 라면, 잡생각.

좀 놀아본 언니의 미심쩍은 상담소

한번 예를 들어 보자.

'나 취업 될까?'라면, 이렇게 바꿔 생각해 봐.

'5년 뒤에도 백수일까?'

'에이 언니, 5년이면 어디라도 가긴 가죠.'

그럼 고민 아냐.

'5년이 아니라 10년 뒤에도 모르겠어요.'

그렇다면 네게 문제가 있는 거야 분명.

고민과 자기 탐구가 필요한 문제인 거지.

또 다른 예를 들어 보자.

'그를 잊을 수 있을까?'라면 말이야.

'5년 뒤에도 그의 생각에 울까?'

'5년 뒤면 제가 서른이니까 그땐 낫겠죠?'

그럼 고민 아냐.

'평생 못 잊을 거 같아요, 언니. 으헝헝헝.'

그렇다면 네 문제야.

그렇게까지 사랑한 그를 왜 놓쳤는지 생각해 봐야지.

고민―고민이 너무 많아요

머릿속에 머문다고
다 고민이 아냐.

내 인생 5년 뒤,
아니 평생을 짓누를 만한, 그러니까
시간도 해결할 수 없는 그런 것들을 우리는 '고민'이라고 불러야 해.
다른 것들은 뭐라 부르냐고?

잡생각.

좀 놀아본 언니의 미심쩍은 상담소

언니,

원래 알고 지내던 남자 친구가 썸남이 되었는데
군인이에요.
전역 10개월 정도 남았는데 어떡하죠?

고무신–거꾸로 신어? 말어?

결론부터 말하면

'잘해 봐.'
이 문제가 고민인 이유는 세 가지 정도네.

1. 전역 후에 애가 맘 변하면 어쩌지?
2. 애 기다리다 다른 인연 놓치는 건 아닐까?
3. 군인이라서 외로움에 이러는 건 아닐까?

각각 한 가지씩 대답을 해 줄게.

전역 후 맘 변하면 어쩌지?

군인이 아닌 애랑도 썸타고 연애하면 10개월 넘기기 쉽지 않아.
전역 후 깨졌다? 이건 그냥, '10개월 사귀다 깨졌다'. 생각하면 돼.
니 나이대엔 보통의 연인들도 10개월이면
두세 번은 깨지고도 남을 시간이니까.

기다리다 다른 인연 놓치지 않을까?

이 '썸'의 기간 동안 니 속을 잘 들여다봐.
내가 다른 커플들처럼 붙어 있지 않아도 외롭지 않게
생활을 할 수 있는 사람인지.
그게 아니라면, 다른 인연도 찾아봐야지?
썸은 썸으로 두고.

군인이라 외로워 이러는 건 아닐까?

뭐 어때?
외로움이든, 호기심이든. 그리움이든.
어차피, 이 남자 저 남자 시작은 다 달라도,
끝날 땐 내 성격대로 거의 똑같이 끝나.
그러니, 그의 호감이 어디에서 시작되었든,
불안해 할 거 없어. 사귀면서 잘 사귀면 되지?

고무신 – 거꾸로 신어? 말어?

자,

이 세 가지 어떤 경우여도
언니 대답은 '잘해 봐.'야.

덧붙여,
네 나이대의 연애는 어떤 연애도 다 경험이고,
30대의 원숙한 연애를 위한 피와 살이 돼.

그 글 알아?

갈까 말까 할 땐 가라.
먹을까 말까 할 땐 먹지 마라.
살까 말까 할 땐 사지 마라.

언니는 여기다 하나 더 붙이고 싶네.

사랑할까 말까 할땐 '무조건' 사랑하라!

언니,

안녕하세요!
3달만 지나면 이제 빼도박도 못하는
20대 후반이 되는 여자예요.

제가 필요한 건
그냥 친구 10명보다 정말 친한 친구 1명이 필요한 거죠.
매일 소소한 연락해도 어색하지 않고,
퇴근길 문득 생각나 커피 한잔 해 줄 수 있는 친구,
무슨 일이 있으면 달려와 줄 수 있는 친구 말이죠.

곰곰이 생각해 보면 그런 친구는 없는 거 같아요.
제 주변 친구들은 다들 단짝이 있는 거 같은데
외톨이가 되어 가는 이 느낌 너무나 속상합니다.
이 씁쓸한 마음과 외로움 어쩌면 좋을까요?

베스트 프렌드–진정한 친구가 뭔데?

네가 생각하는 그

'한 명의 친구'라는 것의 정의가 뭐야?

내가

아플 때 달려와 주고,
언제나 부담 없이 카톡하고 전화할 수 있는,
모든 얘기 다 할 수 있는 그런 친구?

야, 그거는
친구 아니고 애인 아니야?

정말로,

다른 애들은 다 그런 친구가 하나씩은 있는 거 같아?

일단

그 전제부터가 No.야.
나부터도 그런 친구 없거든.

네가 말하는 친구는

완벽한 남성상이랑 뭐 비슷한 거야.
내 마음의 공허감을 단 한 명의
퍼펙트한 친구가 채워 준다는 거 자체가.

나의 경우,
외로움을 달래 주는 친구,
즐거움을 나누는 친구,
화를 같이 내 주는 친구,

각자의 친구들이 가진
고유 역할이 있고,

그들이 나의 부분부분이 가진
공허감과 외로움을 달래 주는 것.

그것으로 행복하다고 생각해.

물론

나도 그녀들에게 1명의 완전한 친구는 아니고.

내 특기를 살려서,

그녀들의 '고민'과 '불안'을 달래 주는
친구로서의 내 역할에
최선을 다할 뿐이지.

다시
한번 물어볼게.

너에게는 단 한 명의
친구가 필요한 거야?

꼭 그래야만 해?

언니,

계획만 거창하고 끝맺는 일이 없는 나.
스스로 한심해요.
끈기가 없나 봐요.

자기애-나, 한심한 걸까?

그래서

우리가 그렇게 매년 일출을 보는 거겠지.
매년 다이어리가 그렇게 팔리는 거고.
계획을 세우고 또 흐지부지되는 게
어쩌면 사람의 본성이지.

꾸준함

야, 그거 나도 안 되는 거야.

근데, 스스로를 한심하게 느끼기엔
문제가 다른 데 있는 거 같지 않아?

아마도 문제는
'거창한 계획' 같은데?

우리는
'더 나은 삶, 지금의 나와는 아주 다른 나'를 꿈꿀 때,
크나큰 계획과 굳은 결심으로 스스로를 무장하잖아?

그런데 말야,

'지금과는 아주 다른 나'란 거,
보기 전에 계획으로 세울 수 있는 걸까?

어떤 지점까지 나 자신이 갈 수 있는지
스스로 알 수 있는 걸까?

그렇잖아?

자기애—나, 한심한 걸까?

쌍수하기 전에,
코 수술하기 전에
아무리 원장님들한테

전.지.현.처럼 해 주세요!

해 봤자. 뚜껑 열어 보면 생각이랑 다르지 않아?
인생도 그런 거 아냐?
미래의 내 모습이란 거 정할 수 있나?
아마 우리가 할 수 있는 최대치의 현실적인 결심이란 건,

'미미한 무언가'를
매일, 매주, 매달
조금씩 해 나가야지!

그 정도인 거 같아.
그 결과로 변하는 내 모습은 예측 불가지.

169

아직

오지도 않은 미래의 내 모습을
지금의 내가 정해 버린다는 거, 오류고 오판 아닐까 싶네.

꾸준함을 더 키우려는 생각보다,
거창한 계획과 아직 존재하지도 않는

미래의 결과를
규정하지 않는 연습.

그게 우리에겐 더 필요할지도 몰라.

뭔 소리냐고?

자기애-나, 한심한 걸까?

'몸짱이 될 거야.'보단,
매일 헬스장 문턱이라도 밟자.

'토익 900 받을 거야.'보단,
매일 숙어 10개는 외우자.

이런 거 말이지.
꾸준하지 않다고 자기 자신을 비하하진 마.

나도 오늘 헬스 빼먹었다.

언니,
헤어진 지 6개월,

새 남자 친구 사귀는데
왜 내 마음이 전 남친에게서 안 빠져나오죠?
다시 붙잡아야 해요?
아니면 날 사랑해 주는 새 남친에게
더욱 내 마음을 주어야 하나요?

미련-잊고 싶은 전 남친

헤어지면 당연히

전 사람 그리워.
얼마간의 시간은 당연해.
근데 말야,
그리움과 애정의 잔재는 분명히 달라.

남은 애정이 있고,
그걸 마저 더 쏟아붓고 싶은 거라면 붙잡아.
근데, 전 남친도 그렇대니?
아마 그게 아니라면 이런 상황이 와 버리지.

너는 괴롭고,
전 남친은 귀찮아 하고,
현 남친은 비참해 하는

답도 없는 최악의 트라이앵글.

좀 놀아본 언니의 미심쩍은 상담소

지나간 연인에 대한 그리움,
이별의 상처는 당연히 나 혼자 해결해야 해.

그건 '내 감정'이잖아?

현 남친이 치유해 줄 수도,
전 남친에게 매달린다고 낫는 것도 아냐.
그냥 자가 치유해야 하는 숙제야 숙제.

날 사랑해 주는 지금의 남친을 한번 봐.
내 마음속 상처들이 조금씩 아물고 나면,
그에게 충분한 사랑을 내어 줄 수 있을지.
그렇지 않은 거 같다면?

헤어져.
아직 연애할 때가 아닌 거야.

전 남친도, 현 남친도 떠나서
오로지 자가 치유에만 힘쓸 때일 뿐.
그러고 나서 누굴 만나든지 해.

근데,

내가 괴로워하는 이 시간을
묵묵히 지켜 주고 보듬어 주는 남자라면,
믿고 함께할 만한 사람으로 보이네. 내 눈엔.

명심해.

마음이 전 남친에게서 못 빠져나온 게 아니라,
남은 마음의 찌꺼기들을 치우는 과정에서 일어나는
자연스러운 회고일 뿐이야.

그러니,

답은 이미 나와 있는 거 같은데?

언니,

처음 사람을 만나면 다가가지 못하고
말 붙이지 못하는 성격이에요.

이번에 새 학년이 되면서
친구들이랑 반이 달라 저 혼자 떨어졌는데
어떻게 해야 될지 모르겠어요.ㅜ.ㅜ

친구 사귀기가 두려워요

뭘 딱히 어쩌려 하지 마!

지금의 친구들과의 첫 만남, 친해진 계기.
눈 감고 한번 생각해 볼래?

처음 만났을 때,
'아, 나 얘랑 친해져야 돼!'
라고 맘먹고 니가 막 다가가서 친해졌니?

그렇지 않을 거야.

원래 그런 성격 아니라며. 너.
그럼 지금의 니 친구들은 어떻게 생긴 거니?
하늘에서 갑자기 뚝?

내가 무슨 소릴 하는 거냐면.

친구 관계, 나중에 더 커서
사랑, 연애 같은 '사람 대 사람'의 일은
나 혼자 무얼 어쩐다고 되는 것도 아니고
반대로 내가 가만히 있는다고
완전히 고립되지도 않아.

178

새 학년 첫날

난 달라질 거야!
친구를 만들 거야!

하면서 하지도 않던 행동을 하는게 오히려
이상한 애로 보이는 지름길이야.

망해.
망해.

사람은 자연스러운 게 최고야.
자연스럽게 행동하다 보면
천천히 나한테 맞는 친구가 보인단 거지.
첫 2~3주간은 무지 뻘쭘할 거야.

정 그러면 그 기간 동안은
예전 친구들이랑 점심 시간에 같이 밥 먹고,

교실 들어와서 쉬는 시간 동안에
한두 마디씩 반 친구들이랑 말을 터 봐.
조금씩 늘려 가면서.

어쨌든,

아마 2~3달만 지나도 자연스럽게 해결돼.
언니 말 믿어 봐.

정말로, 정말로, 그때도 문제가 해결되지
않는다면 그때 다시 한번 사연 보내 줘.
친구가 생기는 비밀 방법! 전수해 줄게.

180

지금 왜 안 알려 주냐고?

좀 놀아본 언니의 미심쩍은 상담소

가장 좋은 친구 관계는
'언제 친해졌는지도 모르게'
자연스레 친해지기 때문이야.

그게 오래가걸랑.
청소년기에 그런 좋은 친구.
많이 만들어 나가다 보면,

상상할 수 없을 만큼 당당하고 적극적인
성인이 된 너를 마주할 수 있을 거야.

좀 놀아본 언니처럼.

좀 놀아본 언니의 미심쩍은 상담소

언니,

엄마가 돌아가신 지
3년 정도 되었는데요.
사춘기, 아니 돌아가시기 직전까지
엄마에게 이유 없는 짜증, 화를 많이 냈죠.
죄책감을 내려놓을 수가 없어서

돌아가고 싶다는 생각만 들고,
하루하루를 살아 내는 게 너무 버거워요.

엄마-후회만 가득 남아요

이 고민을 받고,
밤을 꼬박 샜어.

감히 내가 이 고민에 답을 줄 수 있을까.
깊은 슬픔과 죄책감을 내 얕은 몇 마디 말로
감히 안아 줄 수 있을까.

내게도

많은 용기가 필요했던 사연이었어.
나는 아직 그 마음, 그 깊은 슬픔을
충분히 공감하진 못해.
그런데 한 가지 물어보고 싶네.

지금 어머님을 단 10분만 뵙게 된다면,
어머님께서 뭐라고 하실까?

185

조금

모진 말을 하자면
지금의 너는
어머님 살아 계실 때보다
더 어머님을 힘들게 하고 있어.
이 말 아니?

'그때 그러지 말걸'은
'지금 이러지 말자'와
똑같은 말이다.

어머님은 아마,

생전에 내 자식이 내게 짜증냈던 것보다
사후에 자식이 후회와 비통함에
엉망진창으로 살아가는 것이
더욱 괴롭고 고통스러우실 거야. 분명히.

그러니,
그때 그러지 말걸을 맘에 새기고.

제발.

지금, 이러지 마.
어머님을 위해서.

언니,

6년 사귄 남자 친구가 있어요.
집에서 반대하는 사이라 헤어졌는데요.
그중에 회사 동료이자 남자인 친구랑 가까워졌고,
저도 마음이 가고 이 친구도 마음이 있었어요.
솔직히 제가 더 마음이 갔던 것 같아요.

근데 대박 사건. 이 아이 결혼한답니다.
여자 많은 줄 알았지 결혼하리라곤….
날 잡았답니다. 대박. 충격이었는데 .

어느 날은 술 마시고 이 아이가 절 바래다 주면서 키스했는데,
이날은 그 이상도 하게 됐습니다. 이 아이 제가 좋답니다.
저도 마음이 있어서 '안돼'라고 말을 못했죠. 진심이라 생각해서.
'결혼은 갑자기 뭐냐?' 물어보니
옛날에 사귄 애인데 집에서 결혼을 재촉해서
상견례하고 결혼 날 잡은 거다. 어쩔 수 없이 하게 되는 거다.

지금 여자 친구를 싫어하는 건 아니지만
결혼을 그렇게 하게 돼서 그렇다고 얘길 하더라구요.
그런데 한참이 지나도 웨딩 사진을 찍고, 결혼 준비는 착착.
저랑도 계속 만나고 있고요.

이 아이 좋기는 한데 제 남자가 될 것 같진 않아요.
뺏으면 좋겠지만 이 아이 파혼할 것 같진 않구요.
제가 미련한 거 알지만 어쩌죠? 잡을 수는 있을까요?

일부러

답장 바로 안 했어.
추이를 좀 더 지켜보는 게 맞는 것 같아서.
자, 그와 너의 관계 어떻게 됐니.
여전히 계속되고 있니?

그렇다면
나는 너 한 대
때려 주고 싶어.

그놈이나 너나 별반 차이 없지만, 네가 더 문제야.

좀 놀아본 언니의 미심쩍은 상담소

왠줄 알아?

결혼할 남자랑 사귀어서?
아니, 그거야 그놈도 나쁜 놈인 거고.
너는 너 자신을
왜 그렇게 후진 인간으로 만들어?
왜 너를 그렇게 낮게 취급해?

이렇게 진행되다
'첩'되고 '내연녀' 되는 거야.
알지 않아?

그놈, 뭐 빌 게이츠쯤 돈이 있니? 정우성쯤 생겼니?

아니, 설사 그렇다 한들.

어떤 사람도 누군가의 '내연녀'가 되어야 할 만큼 가치 없지 않아.

너는 너를 그렇게 취급하고 있구나.

혹시 잡을 수 있냐니.

정신 차려, 정신.

그놈은
사랑은 지 와이프랑 하고

너한텐
욕정을 풀고 있는 거라고.

잡을 수 있냐고?

너 같으면 잡히겠니?
정말.

당장 그만둬. 당장 정신 차리라고.

고추가 두 개, 세 개인 양
행동하는 그런 놈 따위.

193

좀 놀아본 언니의 미심쩍은 상담소

언니,

올해 고3인데.
심각한 무기력증 때문에 힘들어요.
공부는 당연히 안 하구요.
그냥 시체마냥 누워 있어요.
밤에 잠을 못 자서 아침에 해 뜨면 자고,
매일 두통에 일어나면 오후 3시, 4시.

저 어쩌죠?

일단,

잠 습관은 '개학'을 하면 끝날 문제네.
그런데 진짜 고민은 그게 아니지?

이제 코앞에 고3이 다가오는데,
동기 부여도 안 되고 무기력하다.
그게 가장 큰 문제인 것 같네.
사실, 늦게 자고 늦게 일어나는 게
뭐 별 큰 문제겠니.

단지

그 생활이 계속되다 보면
점점 물 밑으로 가라앉는 느낌을 받게 되고,

'나 뭐하고 있는 거지? 어쩌지?'

하면서 빠져나올 수 없는
깊은 늪에 빠지는 나를 느끼지.

195

고3이니
정신 차려 공부해!

언니
그런 타입 아닌 거 알지?

공부는 뭐 잘해도 그만, 못해도 그만이여.

아무것도 하고 싶지 않아요

그것보단
무기력의 원인을 찾아보는 게 중요할 것 같네.
그거, 그냥 내버려 두다 보면 어른 되어도 만성이 되거든.

단순히
늘어지고 잠에 취해서
빈둥거리는 지금 상황에 의한
일시적인 '기분'인지,

아니면

내 마음 깊은 곳 어딘가에 어떤 감정의 응어리가
나를 무기력으로 점점 이끌어 가는 것인지,

니 마음을 곰곰이 들여다봐.
그리고 떠오르는 어떤 감정이든, 기분이든
글로 써 보거나, 보이스 레코더에
한번 녹음해 볼래?

좀 놀아본 언니의 미심쩍은 상담소

갑자기

무리해서
'운동을 빡세게 매일 하겠어!'라든가
'고3인데 정신 차려야지! 서울대 가자!' 같은
구린 결심은 3일 안 가는 거 알지.

지금 모습 그대로 누워 있거나
엎드려 있어도 괜찮아.
다만 그 상태에서
글을 쓰며,
녹음을 해 보면서
나 자신을 들여다보고 진단해 보는 것부터
시작해 봐.
그건 뭐 별로 안 귀찮잖아.

아무것도 하고 싶지 않아요

그 과정이 끝나면,

지금의 무기력에 대한 해답과 길은
너 자신이 내려 줄 거야.

뭔가 해야 한다는 부담감이
무기력을 더 키운다는
아이러니한 사실

그러니,
고3, 별거 아냐. 의식하고 살지 마.

199

언니,

친언니와 둘이서 살고 있어요.
저는 예민한 편인데 언니는 둔감한 편.

치우는 것의 필요성을 못 느끼는 우리 언니.
결국 집안 청소는 언제나 저의 몫이죠.
이해해 주려 해도 점점 예민해지는 저.

어떡하죠?

형제자매─남남인 듯 남남 아닌 남남 같은 너

내가 메일 쓴 줄 알았네.
완전 내 얘기야.

나도 시스터와 5년간의 동거 중인데.

환장해.

좀 놀아본 언니의 미심쩍은 상담소

나는

먹으면 바로 쓰레기 버리고,
쓰레기가 생기면 바로 버리는 타입.

시스터는

산은 산이요 물은 물이로다 타입.
정말 어마어마한 스트레스를 받았지.
엄마와는 항상 전화로 이런 이야길 했어.

"니 동생 드러워서 힘들지?
엄마가 받을 스트레스 니가 받아서 어쩌니"
"그럼 엄마가 재 좀 데려가 제발."

싸우기도 하고, 혼내기도 하고, 심지어
내가 질질 울면서 제발 치우라고도 했지.
근데, 살면 살수록 이런 생각이 들더라.

형제자매-남남인 듯 남남 아닌 남남 같은 너

'가족과의 관계도 결국 인간 관계다.'

남자 친구, 지인들과의 관계랑 다를 게 없어.
남자 친구를 사귈 때,
그를 내가 원하는 모습으로 바꾸려고 하면,
결과는 어때?
언제나 헤어지거나 나만 상처받고 말지.
그렇다고 무조건 참느냐, 그것도 아니고.
결국은 연애의 해법과 똑같아.

변하라고 강요하지도,
변할 것을 기대하지도 않는다는 전제하에
공생을 도모해 봐.

난 5년간 살면서,
동생이 '먹을 것'에 민감하다는 사실을 캐치.
동생에겐 '먹을 것'을 담당하게 맡겼어.
그리고 치우는 건 아예 내가 맡아 버렸지.

203

물론

이건 우리 집의 사례고,
여러 가지 해법은 있을 수 있겠지만,

중요한 건
가족이라는 생각을 아예 비우고
'인간 관계'의 관점에서 공생을 도모하란 거.

지금부터 열심히 연습해 놔.

나중에 봐라.
남편들은 더하다.

형제자매-남남인 듯 남남 아닌 남남 같은 너

언니,

서른세 살, 치과 조무사로 일하다
그만둔 지 5개월째예요.
적성에 안 맞는단 생각이 요즈음 듭니다.
하지만,
무얼 좋아하는지 모르겠어요.

적지 않은 나이.
생활비는 떨어져 가고.
이러다 사회 부적응자 되는 거 아닐까요?

결코

적은 나이가 아니긴 하네.
전에 30대에 디자이너 꿈꾸는 애가 있었어.
꼭 그 길 가라고, 늦은 건 없다 응원했는데,
니 경우는 좀 다른 것 같다.
그 친구와 달리 세 가지 정도 문제가 있네.

1. 길을 아예 찾지 못했다는 것.
2. 현실(돈)의 제약이 있다는 것.
3. 찾는다 할지언정 나이의 제한이 있는 직업일 수도 있다는 점.

그리고 이 세 가지보다
더욱 중요한 게 있어.

생각해 봐.

'나'라는 존재는
가변적이고 유동적인 생명임이 분명한데,

좋아하는 것, 잘하는 것은 언제나 계속적으로 바뀌어 가지 않을까?

잘하는 것, 좋아하는 것이
40대 가서 바뀌고
50대 가서 바뀔 때마다
재취업을 할 수는 없지 않겠어?

그렇기 때문에 꼭 '흥미, 적성'이라는 항목이
직업 선택의 최선은 아닐 수도 있어.

소질, 흥미, 적성 말고

'가치'
'가능성'

이라는 필터를 가지고
직업 설계를 해 보는 것은 어떨까?

'나는 work & life 밸런스가 중요하다.'

'뭘 좋아하는지, 언제 바뀔지 모르니까,
이직이나 부서 이동이 용이한 곳을 가고 싶다.'

'나중에라도 좋아하는 것이 생겼을 때,
나를 위한 재투자를 할 수 있도록 연봉이 많은 곳을 일단 가야겠다.'

이런 관점에서 직업을 고를 수도 있단 거지.

지금 네 경우는
식량도, 항해술도, 망원경도 마땅치 않은데
당장 신대륙을 찾으러 나선 콜럼버스 같아.

물과 식량도 비축하고, 항해 계획도 느긋이 세워 볼 수 있는

'항구'를 먼저 찾아보는 게 어떨까?

언니,

직장 생활 1년차 스물두 살 여자입니다.

스물여덟 살의 동료에게 자꾸 의지를 하게 돼요.

그러다 보니 점점 마음이 가는데,

그가 눈치챘는지 선을 긋네요.

저는 어떡해야 할까요?

동료-오피스 로맨스의 끝

아마

갠 너 이전에도 그런 경험이 있었나 보다.
아니면, 걔 주변에 같은 경험을 겪는
친구를 가까이서 봤거나.
선을 빨리 확실하게 긋는 걸 봐선 말이지.

똑똑한 애네.

남자든 여자든,

20대 후반, 30대쯤 되면
이성을 바라보는
태도, 생각이 20대 초반과는 많이 달라지는 게 사실이야.

절절한

사랑의 감정이 아니고서야,
호감, 호기심, 관심이라는
'작은' 감정 따위론

일상이,
내 일이,
평정심이,
내 삶이

흔들리길 전혀 원치 않는다는 거지.

내가 니네 회사에서 함께 생활하지 않아서,
사연만으론 걔가 너한테 마음이 있는지,
없는지는 모르겠다.

동료-오피스 로맨스의 끝

하지만 확실한 건,

개가 마음이 있고, 없고가 중요한 게 아니라

그는 '이러한 미적지근한 상태'에 대해
'원치 않음'이라는 신호를 보내고 있구만.

그 자체가 중요한 거 아냐?

갠 싫대.

직장 동료는

학교 선배,
동아리 오빠와 달라

안 보고 싶다고 안 볼 수도 없거니와,
한번 가십이 돌면 학교와는
비교할 수 없이 오래가고 힘들어.
'누가 누구한테 호감이 있다.' 정도만으로도.

그러니,

남자애가 현명히 미리 잘 선을 그은 거 같아.
힘들겠지만 그의 입장을 존중해 줘.
조금 냉정하게 한마디로 정리해 줄게.
상처받을 수도 있겠지만,
마음 정리하는 데 도움이 되라고.

사내 연애는
끝없는 가시밭이고,

그는,
가시밭을 함께
헤쳐 나갈 만큼
널 좋아하지 않아.

언니,

나 보고 첫사랑이라고 질질 매달리던 남친
한순간에 변해서 이별 선고했어요.
SNS 보면 아무렇지 않게 잘 살면서
그동안 저한테 했던 것보다
주변 여자들한테 더 잘해 주며 사는 거 있죠.
생각할수록 분하고 화나요.

이별 후
쿨해지려면 어찌해야 해요?
나 아닌 여자들한테 잘하는 게 화나는데….

218

쿨한 이별

이제 진짜.
이별 상담은 그만하자.

이건 답이 너무 뻔하잖아?
이별 후 쿨해지는 방법,
그건 정말 딱 한 가지뿐이야.

정말 상대가 지겨워져서,
마음이 식어 버려서 내가 차 버린 경우.

즉 내가 원해서 한
이별인 경우엔
누구나 엄~~~청 쿨해져.

왜? 자유잖아 자유!

그런 관점에서,

니 전 남친은 쿨하게 잘 살고 있네.
걔가 원해서 헤어진 거니까.
시작은 첫사랑이었다, 너 좋다, 어떻다 해도
마지막엔 걔가 헤어지고 싶어 끝낸 거니,
그는 맘 편하지.
사람 심리가 다 그렇대.
준비되지 않은 갑작스러운 상실감이 닥치면,
누구나 유아기로 퇴행을 한댄다.

'내 건데, 왜 없어?
나 줘! 다시 줘! 빨리!'

떼를 쓰게 되는 거지.

쿨한 이별

난

김난도 교수의 『아프니까 청춘이다』 스타일의
위로를 그다지 좋아하지 않지만,
한 가지 납득할 만한 내용은 있더라.
(물론 그도 인용한 내용이야.)

우리가
사랑을 느끼는 것도,
애착을 느끼는 것도,

이별 후 상실감,
분노를 느끼는 것도

그저 호르몬의 작용이라는 거.

그리고 우리 몸은,

이상 상태가 와도 시간이 지나면
자연스레 정상으로 자가 치유를 한다는 거.

그래서 '시간이 답'인 거야.

이별에 쿨해지는 방법? 딱 두 개뿐이야.
시간이 지나거나,
아니면 니가 진절머리가 나서 차 버리거나.

그러니 그냥 그렇게 둬, 살면 살수록
어른들 말씀이 틀린 거 하나도 없어.

어른들 말씀대로

'다 한때' 아니겠어?

언니,

저는 원래 주관이 좀 없는 성격이었어요.

별로 불편하진 않았지만요.

대학 들어가니 문제라고 느끼게 되네요.

제 의견도 못 내고 언제나

친구들에 끌려다니는 기분이에요.

스트레스는 쌓여 가는데 표현은 못하고

저도 당당해지고 싶어요.

소심-내 의견을 말하고 싶어요

너, 혹시 10대 때의 나?

나도 비슷한 과거가 있었던지라,
내 얘기를 조금 해 볼까 해.

고등학생 때까지만 해도,

이른바 안경잽이, 여드름쟁이였던 나.
내 주장을 한다는 걸 상상하질 못했어.

공부? 그다지. 외모? 그다지. 잘사냐? 아님.
언제나 있는 듯 없는 애였지.

225

그래서인지.

친구를 잃는 게 참 두려웠어.
원래 많지도 않은 친구들이니까.
항상 뭔 말을 하고 싶어도

'싫어하면 어쩌지?'
'비웃으면 어쩌지?'
'무시하는 거 아닐까?'

걱정하다 보면 말할 타이밍을 놓쳐 버렸지.

그렇게 고등학교 2학년이 된 어느 날,

학교에서 상호 평가라는 걸 했었어.

익명으로 서로의 장단점을 적어 주는 것.

모든 친구들이

같은 단점을 적은 걸 보고
난 적잖이 놀랐어.

"자기 생각이 없다.
벽을 치는 것 같다.
본인 의견을 좀 말해 주면 좋겠다."

그 말을 듣고 얼마 뒤,
친구의 부탁에 처음으로

'싫어' 라고 거절해 봤어.

진짜 큰맘 먹고.
가슴이 콩닥콩닥 뛰고,
이제 뒷담 까이나? 오만 가지 생각이 들더라.

228

그런데,
친구는 이랬어.

"니 싫다 소리도
할 줄 아나? 대박."

그게 끝.
그 뒤에 어떤 일도 벌어지지 않았어.
그냥 그게 다였어.

있잖아.
니 의견을 말해도,
어떤 일도 벌어지지 않는다?

좋은 일, 나쁜 일, 멋진 일, 거지 같은 일.
그냥 어떤 일도 일어나지 않아.

좀 놀아본 언니의 미심쩍은 상담소

심지어,

내 상담이 별로면
"뭐야? 별 도움 안 되네요."라고 말해도 돼.

한번 연습해 볼까?
걸음마 시작해 보자고.

내 상담 어땠니?
솔직하게 말해 봐봐봐봐봐.

당장. 롸잇나우.

언니,

저는 20대 초반이고요.
저의 적성이나 꿈은
소리를 다루는 음향이나 음악 작업인데요.
솔직히 취업 걱정도 많이 돼서
지금이라도 취업 잘되는 과로 진학을 할까 생각도 많이 해요.

언니도
적성과 현실 사이에서 고민 많이 하셨을 텐데
동생이라 생각하시고 언니 생각을 듣고 싶어서요.

꿈 vs. 현실–직업도 일부일처제라니?

나는

꿈, 적성과 현실이란 게
양 극단의
대결구도가 아니라고 생각
하는 스타일이야.

너의 그쪽 소리 분야는
내가 잘 몰라서 모르겠는데.

나의 경우는
언제나 꿈과 진로를 쫓는다고 해서

백 퍼센트 돈을 못 벌거나 불안정하다,
라는 방향으로 생각하지는 않는 편.

233

그러다 보니,

지금의 경우도
내 주변엔 청년 벤처 CEO나 뭐 그런
젊은 도전 '청년!'들이 많은데,
(왜 있잖니 「세상을 바꾸는 시간 15분」 그런데 나온 애들)

항상 나에게 말하거든

"좀 놀아본 언니의
미심쩍은 상담소는
대박 아이템이야!
이걸로 벤처를 해 봐!"

하지만 난 안 해.

나는 언제나 현실성 40% 정도와
꿈 60% 정도를 적당히 믹스해서
살아가려는 주의거든.

"언니!
꿈과 현실 어느 걸 쫓아야 돼요?"
라는 질문에 대해 내 답은 항상 같아.

"왜 꼭 한 놈만 쫓아?
직업도 일부일처제라니?"

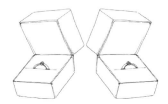

언니,

저는 얼마 전에 재취업해서
내일 첫 출근을 하는 스물네 살 여자예요.

작년에 취업했다 그만두고 나서
반년가량 쉬다가 어렵게 입사하게 됐는데
출근이 다가올수록 두려운 마음이 커져요.
어떻게 대해도 뒤에서 욕먹을 것 같고….
직장에서 예쁨받는 신입이 되려면 어떻게 해야 할까요?

원래

뭣 모르고 하는 첫 출근은 참 설레지.
두 번째는 뭐든지 마냥 설레지가 않더라.

결혼 앞둔 예비 신부들이 우울증이 많대.
근데, 재혼 예비 신부들은
두 배 가까이 많다는 연구 결과가 있어.

어떤 쓴맛이 있는지,
어떤 단맛이 있는지,
어떤 신맛이 있는지,

이미 알아 버려서
기대감보다는 걱정이 더 클 수밖에 없지.
사람은 나쁜 것부터 걱정하는 게 당연하니까.

239

간단해.

직장에서 예쁨받는 신입이 되는 법.
예전에 직장 다녔던 경험을

'업무'에만 살려. 뭔 소리냐고?

어딜 가나 '일하는 건' 다 비슷해.
하지만, '사람'은 어디 가나에 따라 다 달라.
팀장 따라 다르고, 사수 따라 다르고.
예전 직장에서 일 때문에 스트레스였음 몰라도,
사람 때문에 겪는 스트레스는 지레 겁먹지 마.

인생은 원래 팀 바이 팀,
팀장 바이 팀장이니까.

여튼, 한 마디로 정리해 줄게.
재취업에서 사랑받는 법!

업무 처리는 '중고 신인'같이
생활 태도는 '쌩신인'같이

언니,

저는 3년차 직장인입니다.

어느 날부터 문득,
삶의 의미가 뭔지 잘 모르겠어요.
직장이 제 인생의 의미라니 허무하고….
혹시 삶의 의미가 뭐라고 생각하시는지
궁금합니다.

지금부터,
내가 시키는 대로 해 볼래?

'사랑함'이라는 단어를 10번,
아주 빠르게 외쳐 봐. 진짜 빠르게.
'사람'이라고 발음되지 않니?

그러면,
'사람'이라는 단어를 다시 10번 외쳐 봐.
엄청 빠르게.
아마 '삶'이라고 발음이 될 거야.

삶이란, 사람을 사랑함.

이게 내가 생각하는 삶의 의미.
참 쉽죠?

좀 놀아본 언니의 미심쩍은 상담소

언니,

지난 연애 후 마음의 큰 상처를 입고
3년이 흘러가지만 다시 마음이 아파요.
근데 또 감정의 설렘이 나타났어요.
제 맘 표현했다 상대가 달아날 것 같아요.
그 전의 연애가 그랬거든요.

제가 다니는 체육관의 코치예요.
운동을 배우고 있는 입장이다 보니
서로 신뢰가 무너질까 걱정도 되고,
고백을 하면 서로 불편한 상황이 오겠죠?

헬스장 로맨스-1시간만 내 남자, 트레이너

신뢰 관계까진 걱정 말고
니 맘이 먼저 아냐?

체육관이야
옮기면 그만이잖아.

그것보단,
지난 연애 상처가 아직 아물지 않았는데
두번 세번 상처받을까 두려운 게 사실이지?
그가 내게 마음이 있는지 없는지 확실치 않으니
더더욱 주저할 수밖에.
상대방도 내게 마음이 있는 거라면,

고백해. 뭐 어때.
새로운 연애로 옛 상처가 아물 수도 있잖아.

245

하지만,
혼자만의 착각이라면

고백은 더욱 쓰라린 독이 되겠지.

그러니까,
그의 마음을 알고 움직여야지.
너랑 연락을 주고받는다고 마음이 있다?
네버.

남자들,

감정에 솔직한 건 사실이야.
하지만 헬스 트레이너, 체육관 코치라면
상황은 다를 수밖에 없지 않아?

헬스장 로맨스-1시간만 내 남자, 트레이너

매일 봐야 하는 관계

그것도 영업 대상인데,
관심이 있다. 연락을 한다.
절대 못 끊어.

실제로

여자 회원들이
자꾸 연락을 한다.
회원 떨어져 나갈까
커플인 걸 말을 못하고 있다.

라는 고민을 내게 보냈던 수영 강사도 있었어.

어떻게 해야 할까?
답은 간단해.

체육관 옮겨.

둘의 공적 관계가 끊어진 뒤에
그가 어떻게 되는지.

참,
그리고 이 문제에 대해서
웹툰 『다이어터 시즌2』를 추천.
지금 네 고민이 만화 속에 그대로 담겨 있어.

이번 돌다리는,
잘 두드려 보고 건너길.

이제 우리 나이면,
영업과 감정은 구분할 수 있는 힘이 있잖아.

그치?

언니,
저 알코올 중독인 것 같아요.

해가 지면, 또는 퇴근할 때가 되면
폭음을 해서 아침까지 시달렸으면서도
다시 술을 찾습니다.

다른 사람들은
사람들과의 자리가 좋아서 술을 찾는데
저는 그것도 아니고 그냥 혼자 마셔요.

참아 보려고 하는데 힘드네요.

알코올 중독—습관의 무서움

다들

한두 가지 중독을 안고 살아.
대부분 중독이라고 하면 술, 담배, 성생활, 게임…
그런 것들만 생각하는데.

'집착적인 신앙 생활',
'다이어트 콜라',
'독서'

심지어

'여행'도
중독자가 있어.

『어떻게 나쁜 습관을 고칠 수 있을까』
라는 책에서는 중독에 대해 이렇게 정의해.
내 의지와 상관없이 반복하는 행동을 통해
내 일상이 무너지는 것.

이 책,

내 방에도 꽂혀 있다?
그 말인즉슨,
나 역시도 중독으로 고통받았다는 거야.
난 뭐였냐고? 흡연.
담배를 태운 지 10여 년,
금연 상담실도 다녀보고
친구들과 함께 금연 결심도 하고.

안 되더라.

피우질 않으면 손이 떨리고,
도무지 일을 할 수가 없어.

252

알코올 중독—습관의 무서움

너의 내면을 들여다봐.

그리고 안아 줘.

라는 교과서 같은 헛소리하지 않을 거야.

많은 상담가들이 '중독'은 마음의 병이래.

아니.
중독은 '몸'의 습관이야.

내 마음이 어딘가 외로워서, 힘들어서?

그런 걸 다 떠나서,

그냥 맨날 마시기 시작하니까.

몸에서

'아, 맨날 이 시간엔 술이 들어오는구나.'

하고 기다리는 거야.

중독은 단순한 거야.

계속된 행동의 누적이 낳은 몸의 기억.

그 이상도 이하도 아냐.

해결 방법도 간단하지.

아주 간단하고 아주 어려워.
'습관을 바꿔서'
몸이 가진 기억을 변경시키는 거야.

무슨 소리냐?
매일 먹었던 시간에 먹지 말라는 소리.
다른 방법은 없어.
왕도도 없어.
그냥 참아야 해.

쉬운 길? 없어.

아마,
엄청나게 힘들 거야.
니 상상 이상으로 힘들 거야.

금주하다 보면
에이 젠장할. 그냥 마시고 말지
내가 이 짓을 왜 하고 있나 싶을 거야.

알코올 중독-습관의 무서움

하지만,

만약 네가 술을 끊게 된다면,
니 자신의 힘으로 금주에 성공한다면.
아마도 니 인생의 모든 것이 달라질 거야.
그리고 아마,

나는 이 상담소를
너에게 물려주고 떠나야 할 거야.

나도 못한 걸 해낸 너니까.

언니,

남자인 친구가 꽃을 보러 가자 해서 갔는데
서로 어느 정도 호감 있는 거 알고 있는데
여자 친구가 있다며
발을 뺍니다.

뭐죠, 대체????

뭐긴 뭐야.
병신이지.

너 말고도
연애 사연 보내 주는 대부분의 아이들이
'호감', '애정'을 구분 못해서 생긴 비극이야.

'호감'은

이 사람에 대해서 알고 싶어 하는 '호기심'

'애정'은

말 그대로 이 사람이 좋은 거.

니가

집에서 읽던 책이 지루해서
새 책을 한 권 사러 서점에 갔어.
대충 제목과 표지, 목차를 봤어.
괜찮아 보여.

샀어.

읽어 보니 니 생각과 달라.
차라리 전에 읽던 책이나 마저 읽어야겠어.
그러면 접잖아.
그게 사람 마음인 거야.
호감에서 애정으로 번지지 못한 거야.
단순해.

갈아탈 만한 앤가 시험 한번 해 본 거고
넌 그 시험에서 탈락한 거야.

발 빼는 남자-찌질함에 대하여

하루에도

수십 통씩 메일을 받다 보면, 다들 비슷해.
"이 남자, 저한테 이러더니 갑자기 바뀌었어요."

응.

그들은 모두 너네에게 '호감'을 느끼다
'애정'까지 못 가고 접은 거야.

너라는 책을
더 이상 읽고 싶어지지 않은 거야.

그걸 욕할 순 없어.

그치만, 그놈은 병신인 게 맞아.
안 사귀길 잘했어.

그놈은

너랑 사귀었더라도,
마음이 식을 때쯤이면

너랑 헤어지기도 전에
다른 여자와 꽃을 보러 갈
그런 놈이잖아?

발 빼는 남자—찌질함에 대하여

좀 놀아본 언니의 미심쩍은 상담소

언니,

내년에 졸업을 앞둔 미대생입니다.
그저 잘 그린다는 말에 시작한 미술이
이렇게 어려운 세계인 줄 몰랐어요.
학점도 스펙도 바닥이네요.
곧 취준생이 될 텐데….

휴학하고 세상 경험을 좀 하고 싶지만
부모님은 반대하셔요.
방학 때마다 하는 것 없이 지냈거든요.
저도 인정하구요.

졸업이 늦어지면 취업도 걱정되구요.
너무 갈등입니다.

휴학...해도 될까요?

휴학하고 싶어요

아마,

휴학을 하면
십중팔구 부모님 말씀이 맞을 거야.
방바닥에서
인터넷과 핸드폰을 끌어안고 살 걸.
그리고 휴학이 끝날 때쯤 생각하지.

"역시 난 쓰레기였어.
그냥 학교나 다닐걸."

복학하면

한 학기 뒤처졌다는 생각에 불안할 거고,
토익 학원, 취업 스터디, 공모전
그 뻔한 것들을 시작할 거야.
그리고 점점 바빠지니까
학점은 더 떨어질 거야.

좀 놀아본 언니의 미심쩍은 상담소

웬 힘 빠지는 소리를 하냐고?

나는 속이 상해.
미술이 적성에 맞지 않다고.
자연스럽게 '취준생'이 될 거라고
생각해 버리는 거.
토익, 스펙, 학점을 챙겨야 한다고 생각하는 거.
이상한 논리 아냐?

이 세상에 진로가
미술과 회사원 두 개인가?

왜 너는,
진로에 대한 재정비가 필요한 시점에,
깊은 고민 대신 바로 '취준생' 길을 생각해?

자신에게

안 맞는 미술이 힘들었으면서,
왜 맞는 길을 찾는 고민을 안 하려고 해?

생각 없이 취준생이 되어서, 회사원이 되면
그때 또 똑같은 후회할 거란 걸 왜 몰라?

가던 길이 잘못되었다고 느끼면,
잠시 멈춰서서 지도를 펴고
새로운 길을 찾는 게 정상 아냐?

다들

불나방처럼 뛰어드는 취준생의 길 말고,
'자신의 길'을 더듬어 찾아가야지.
어쨌든 결론은,
휴학, 그래. 좋아 해도 돼.

단, 한 가지만 약속해.

좀 놀아본 언니의 미심쩍은 상담소

토익 학원 죽순이 되지 않기.

휴학하고 싶어요

좀 놀아본 언니의 미심쩍은 상담소

언니,

저는 올해 고2가 된 예비 수험생인데요.
하고 싶은 게 너무 많은 게 고민이에요.
남들은 하고 싶은 게 없어 고민이라는데….

배우도 하고 싶고,
뮤지션도 하고 싶고,
작가도 하고 싶고,
그래요.

곧 대학 진학에 학과 문제도 절 덮칠 텐데.
어떻게 해야 할까요?

길-새마을호와 비행기

지금 하는 고민들.
참 예쁘다.
주변에
하고 싶은 게 없다는 친구들 참 많지?

하고 싶은 게 너무 많은 것과
하고 싶은 게 전혀 없는 것.

정반대처럼 보이지만,
같은 것일 수도 있어.

열여덟.
아직은 '업'을 정하기엔 너무 어린 나이니까.

열여덟 살은 그런 나이야.

세상에 놓인,
내가 선택해야 하는 수많은 길 앞에서
아직 그 길이

비탈길인지,
산책로인지,
아스팔트인지,

알지 못하는 게 당연한 나이.

그래서

너처럼 모두 가 보고 싶은 친구들도 있고,
어느 곳 하나도 선뜻 걸어 볼 용기가 안 나서
멈칫, 하는 친구도 있는 거야.

내가

어떤 길을 걷느냐에 따라,
인생은 참 많이 바뀌는 건 사실이야.

특히, 통장 잔액.

그러니 고민도 되고,
선뜻 선택하기에 어려움을 느낄 수도 있을 거야.

대학을 가고, 전공을 정해 버리면,
다른 길들은 가 보지 못할까 걱정되지?

연극영화과는 영화 배우 되고,
체육교육과는 체육 선생님 되고 말이야.

하지만,

열여덟엔 아직 모르는 한 가지 사실이 있어.

인생의 길은,
비행기보다는 새마을호 같은 거라는 거.
무슨 소리냐구?

한번 들어서면

도착지까지 쭈욱 달리는,
대한항공 같은 게 아니란 거야.

내가 원한다면,
얼마든지 내렸다가 다시 타고,
여러 군델 들렀다 다시 또 길을 나서는
새마을호 같은 거야.

길-새마을호와 비행기

아마.

대학을 가고 나면,
더 해 보고 싶은 게 많아질 거야.
지금보다 열 배쯤은.

그러니, 앞으로 더욱 불어날
그 많은 꿈 중에
딱 한 가지를 골라 급행으로 가는 대신,
구불구불 느릿한 완행을 선택하는 거 어때?
급행이 뭐고 완행이 뭐냐고?

'내 길은 배우', '내 길은 뮤지션'
이건, 급행.
그럼 완행은 뭐냐고?
내 길은,
살면서 경험하고픈 모든 간이역에 들렀다 가는 거.

그게 몇 살이든, 무엇이든.

좀 놀아본 언니의 미심쩍은 상담소

언니,

근육병을 앓고 있는 소심한 서른 살이에요.
가끔 마음에 드는 이성을 봅니다.
그냥 같은 공간에 있는 사람 중 말이에요.
그런데 호감의 표현, 건네지 못하겠어요.

상대방 입장에서 생각해 보면
장애인의 호감 표시가
유쾌하지 않은 경험일 것 같아요.
이상한 시선으로 바라볼지라도
시도해 본다면 좋은 결과 있을까요?

장애, 그리고 사랑-사랑에 자격이 있나요?

참 다행이다.
네게 답해 줄 수 있는
소중한 경험이 있어서.

지금도 종종 찾아뵙곤 하는
내 BEST 대학 은사님은
아주 성격이 쿨한 '아줌마'야.
아줌마. 즉 기혼 여성이지.

그분도,

근육병을 앓고 계셔.
하체를 거의 쓰지 못하는
중증 장애인이시지.

그분이,
너무나 특별했던 건,
처음 뵌 순간부터 지금까지,
내가 의식을 하지 않고 '멍'하니 있으면
장애인이라는 걸 전혀 느끼지 못한다는 거.

275

나뿐만 아니라

학교 모든 사람들이 그랬어.
선생님의 남편분도 그랬대.
선생님의 시부모님도 그러셨대.
그 이유, 6년 동안 선생님과 함께 지내면서 알았어.

본인 스스로가
장애인임을 의식하지 않고 지내셨어.
그 오랜 대학 시절 동안
그분이 자신의 장애를 표현하는 말.

"난 걷는 게 쫌 느리니,
너네 먼저 앞장서서 가."

장애, 그리고 사랑-사랑에 자격이 있나요?

한번도

그 이외의 표현을 들어보지 못했어.
스스로도 그렇게 생각하고 살아오셨대.

난 걷는 게 좀 느리다.

그것뿐.

그래서일까?

그녀는 이른바 S대를
우수한 성적으로 합격하고
석사, 박사를 거쳐서 교수까지,
그리고 한 아이의 엄마까지

여자로서, 학자로서 많은 것들을 이뤄 내셨어.

세상의 관심이 쇄도하지만
단 한번도 동요하지 않은 선생님.
그럴 때마다 그녀가 하셨던 이 두 마디가,
아마 네게 답이 될지도 모르겠다.

"저요? 왜요?
전 그냥 평범한데?"
"남들 다 하는 거 한 건데?"

장애, 그리고 사랑–사랑에 자격이 있나요?

좀 놀아본 언니의 미심쩍은 상담소

언니,

20대 후반 직장인입니다.
수많은 연애 상담을 하셔서 지겨우실 수도 있지만
요즘 너무 답답한 관계에 대한
객관적인 쓴소리를 듣고 싶어서 글을 써요.

올 초에 장거리 연애를 극복하지 못하고 헤어진 남자 친구가 있었어요.
헤어진 후 많이 힘든 상태에서
친하게 지내는 무리들 중 한 남자애가 다가왔어요.
솔직히 다 반대했었어요.
여자가 힘들 만한 직업과 여러 요인들 때문이었죠.
그땐 전 별 감정도 없었지만 맘이 힘든 상태였던지라
위로도 받고 자주 만났었어요.
친구들은 감정 깊어지지 말라며 조언을 했지만
전 주변인들의 말에 휘둘려 색안경 끼고 보고 싶진 않았어요.
그렇게 썸을 3개월 정도 탄 거 같아요.
처음엔 표현도 엄청 했었는데 점점 실망스러운 모습이 보이고,
점점 애가 날 좋아하는지 의심스러운 행동과
언행이 어이가 없었고,
자기의 불안정한 상태 때문에 고백을 못한다면서
스킨십은 당당하게 했었어요.

이거 관계 분명히 해야 하는 거 맞죠?
그냥 이렇게 어물쩍 친구로 돌아가도 될까요?

살 섞은 남자-친구로 돌아갈 수 있을까?

친구론 못 돌아가.

살 섞은 남자와 친구.
가능할 거 같아?

대체로 그런 건
친구라고 불리는

책임감은 없이
몸만 섞는
파트너가 되기 십상이지.

좀 놀아본 언니의 미심쩍은 상담소

그 남자.

그냥 책임감 없는 남자야.
사귀자는 말과 동시에 따라올 수많은 책임감, 의무.

그런 건 싫은데
몸은 섞고 싶은 거야.

그리고 그걸
넌 너무 쉽게 허락한 거고.

살 섞은 남자–친구로 돌아갈수 있을까?

여자애들의

가장 큰 착각 중에 하나가
스킨십을 하면
관계가 깊어지는
원동력이 될 거라 착각한다는 거.

남자애들은 안 그래.

스킨십이 쉬워져 버리면,
그 이상의 관계를
만들어 나가야 할 필요를 못 느껴.

왜?
원하는 것을 굳이 '책임'이나
'의무' 없이도 취할 수 있잖아.

살 섞은 남자—친구로 돌아갈 수 있을까?

너 같으면,

세금 안 내고도 모든 권리를 다 이용할 수 있다면
굳이 국적 취득을 해서
세금을 내고 군대를 가겠니?

그 남자아이.
친구로도 애인으로도 두지 말고
남남으로 돌아가는 게 베스트일 거 같다.

언니,

올해 서른한 살.
렌트카 업체에서 일하고 있는 청년입니다.
저는 아직도 제가 무엇을 하고 싶은지
무엇을 잘하는지 모르겠어요.
목표 의식도 적고 어떻게 살아가야 하는지
막막합니다.

지금 저는 신용 불량자입니다.

부모님 사업으로 인해서 이렇게 되었어요.
미래 없는 삶, 신용 불량자, 이별, 답답함.

저는 어떻게 살아가야 할까요?
다른 사람들은 20대에나 해야 하는 생각들,
전 아직도 헤매고 있네요.

지난 주말,

작은 강연 모임에 다녀왔어.
다양한 강연자 중에서,
내 귀를 잡아끈 건 스물여섯 살의 예쁜 여자아이.

내 독자라기에,
"끝나고 고민 상담 해 줄까?"라며 푼수 짓도 좀 했지.

생글거리는 표정에 예쁜 차림새의 그 애,
아마도, 부잣집 출신의 디자이너쯤이겠거니 했어.
밝은 표정으로 이야기를 시작한 그 애.

내 예상은
완전히, 처참히 빗나갔어.

좀 놀아본 언니의 미심쩍은 상담소

가족의 사업 실패,

아버지의 도피와 사망,

어머니의 투병,

오빠의 자살 기도,

아직도 끝나지 않은 빚

그 속에 삶을 포기할 뻔했었던,

여전히 지금도 힘든 나날들.

나는, 너무 의아했어.

아니,
어떻게 저렇게 웃을 수 있지?

웃음을 지을 수 있는 상황이기는 한 건가?
그 순간, 내 머릿속을 읽기라도 한 듯,
내 가슴을 후려친 그녀의 한마디.

"책에서 읽은 글귀가 저를 살게 했어요."

경력을 반대로 하면,
역경이 된다.

그 말대로, 저는 지금의 제 역경들이 언젠가 경력이 되어서
저를 빛나게 해 줄 거라고 믿어요.

좀 놀아본 언니의 미심쩍은 상담소

아,

그래서 저리 밝게 진심으로 웃을 수 있구나.
뭐랄까, 그 순간 그 애, 너무나 커 보이더라.
'고민 상담 좀 해 줄까?'
라며 푼수 짓을 한 내가 숨고 싶을 만큼.

어떻게 살아야 할까?

서른하나,

아직 어리디 어린 나이야.
모든 삶이, 모든 고민이 20대에 끝난다고 생각해 정말?
40대에도, 50대에도, 아니 90대에도.
삶은 언제나 흔들리는 것.
죽기 전까진 어떻게 흐를지 모르는 것 아냐?

지금

너의 그 범상치 않은 '경력'들은,
언젠가, 그것이 50대이든 80대이든,
살다가 '하고 싶은 일'이 짠하고 나타났을 때,

그곳을 향해
남보다 더 거침없이 달려갈 수 있을 테지.
그 길목에 놓인 고생들을 보며,

'훗, 이보다 더한 고생도 해 봤거늘.'
이라며 가볍게 웃어넘길 수 있을 걸?

291

우린 이미

여섯 살에 인생을 배운거 아냐?

어차피 레이스는 끝나 봐야 안다는 거.
끝까지 버티는 놈이 이긴다는 거.
두 마리의 짐승들이 이미 말해 줬잖아?

토끼 & 거북이

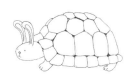

좀 놀아본 언니의 미심쩍은 상담소

언니,

저는 휴학 중인 대학생입니다.
1학년 때부터 꿈꿔 왔던
유럽 여행을 한 달간 떠날 예정이었어요.
그런데 하루 전에 취소해 버렸어요….
떠나는 게 너무 불안했거든요
친구들은 스펙을 쌓아 올리는 데,
전 그대로 멈춰서 있는 것만 같아서요.

지금도 어디로든 떠나고 싶어요.

다른 이들과 소통하고 싶고
알고 싶은 게 많은데
다시 갈려고 하니
스물세 살의 나이,
아무것도 하지 않은 제가 걱정되고
토익과 학점이 걸려요.

떠나지 못한 여행–실패의 스펙

해 줄 수 있는 말은 딱 한마디뿐야.

떠나.
지금 당장.

떠나.

'한 달'간의 여행을 다녀온다고,
토익과 학점이 바닥이 되는 것 아니고.
'한 달'간의 여행을 가지 않았다고,
토익이 990점 되는 것 아닌 거 알면서,
토익과 학점 때문이라고?

까놓고 말해서,

'유럽 여행'만 보고 대학 시절을 보냈는데,
돌아온 뒤의 '그 후'가 두려운 거잖아?
그런데, 이런 생각 안 해 봤냐?
대학 시절 내내 목표했던
유럽 여행을 눈앞에서 포기한 넌.
이미 간절히 바랐던 꿈 하나를
스스로 놓아 버린 경험을 쌓은 거란 거.

포기의 스펙. 말이야.

떠나지 못한 여행–실패의 스펙

지금,
니 꿈을 목전에서 놔 버린 채,

취업을 꿈꾼들,
결혼을 꿈꾼들,
사랑을 꿈꾼들.

그것들은
목전에서 놓지 않을 거란 자신, 있어?

지금

떠나지 않는다면,
먼 훗날 내게
이런 고민을 보낼 것 같은데?

좀 놀아본 언니의 미심쩍은 상담소

66

언니,

정말 좋아하던 사람이 있었어요.

그런데, 약혼 전날 헤어져 버렸어요.

제가 왜 그랬는지 모르겠어요. 후회돼요.

다들 결혼하고 잘만 사는데…전 어떡하죠?

99

너무 과장 아니냐고?

아니. 절대로, 아니.

사람은 자기가 쌓아 온 경험대로,

관성대로 살아가는 거야.

그래서, 떠나라는 거고.

니가 20대 내내 (꼴랑 3년밖에 안 된 20대지만)

바랐던 꿈에 마침표를 찍는 경험만이,

다음 단계에서도 마침표를 찍을 수 있게 해 주는 거란 말야.

토익 공부나 학점 따위는 만들어 줄 수 없는

진짜 '스펙'을 만드는 방법은 그것뿐이라고.

떠나지 못한 여행–실패의 스펙

떠나.

떠나.

지금 당장 떠나.

그깟 한 달,

취업이 두려워서 못 떠난다고?
토익이 두려워서 못 떠난다고?
다녀오면 내가 취업 준비 다 도와줄게.
자소서, 토익, 인턴, 면접
다 도와줄게 떠나.

근데 아마, 돌아오면
내 도움 없이도 잘만 취업할 거다.
그 한 달이, 나보다 백배는 좋은 선생일 테니.

299

그러니
다시 한번 말할게.

떠나.

떠나지 못한 여행–실패의 스펙

301

언니,

저는 스물세 살 여자예요.
저희 엄마는 재혼을 하셨는데요.
엄마의 돈을 빌려 사업을 시작한
새아빠는 4개월 만에 빚만 남기고
행방 불명이 되었어요.

엄마께서도 이제 우리도 먹고 살아야 하니까
가게를 알아보자고 하셔요.
지금도 빚이 많이 있는데
또 빚을 내서 해야 한다고 하더라구요.

제가 첫째니까 엄마를 도와서 가게를
찾아보고 함께해야 하는 것은 알겠는데
전 병원 쪽을 전공해서
그쪽으로 일을 알아보고 있었거든요.

이런 저, 이기적인가요?

아니? 전혀?

너 이기적이지 않아.
스물세 살, 이제는 부모님의 판단에 대해
따르기만 할 나이는 아니야.
우리 집이 어렵든 말든 내 뜻대로 해라?
물론 그런 말이 아니지.

냉정히 봤을 때,
엄마를 도와서, 빚을 내서,
새 가게를 하는 게 딱히 효녀가 아니란 거야.

'계란은 한 바구니에 담지 마라.'

라는 말 알지?
주식 투자만 그럴까?
우리의 삶도 마찬가지야.

지금,

어머님은 얼른 살아야 한다는 조급함에
자꾸만 계란을 한 바구니에 담고 계셔.

지금 빚이 있다.

게다가 새아빠가 남긴 빚도 있다.

그런데 또 빚을 내서 가게를 한다.

혹시나 그것이 망한다?

눈덩이로 빚을 불리는 지름길이지 않을까?

굳이 그렇지 않다 한들,

가게를 내서 먹고살 만큼 정착시키려면

최소 3년은 걸린다고 해.

그동안의 생활은?

그래서 난

병원 일을 하는 것, 찬성이야.
하고 싶은 일을 하라, 라는 의미도 있지만
가정 경제의 위험 부담을 줄이란 의미도 있어.
그럼, 어머니 혼자 어떻게 가게를 하냐고?

사실,

어머님도 가게를 하시는 게
정답은 아니라고 생각해.

조금 힘드시겠지만,
사업보단 급여가 있는 일을 구하셔서

지금 눈앞에 있는 빚을 먼저
탕감해 나가는 것이 우선 아닐까?

어머니를 돕는답시고

한 바구니에 계란을 담는 게
마냥 효녀는 아닌 것 같아.

그 계란을

몇 개쯤은 살짝 빼서,
다른 바구니에 담을 줄 아는 딸이
진짜 현명한 맏딸이 아닐까?

언니,

스물네 살 모쏠 대학생입니다.
단짝 친구가 남친이 생기면서
점점 소원해졌어요.
그래서 새로운 친구랑 잘 지내고 있었는데,
얘도 남친 생기더니 연락이 뜸하네요.

이런 마음, 유치하다는 거 알아요.
그래도 외로움과 섭섭함 어쩔 수 없네요.
주변에선 친구에게 의지하지 않는 법을
배워야 한다고도 하고,
저도 남친 사귀라고도 해요.
이 섭섭함, 어떡하죠?

친구는

한줌의 흙 같은 거야.

흙.
백사장에 놓아두면 밀물에 흘러와
썰물에 빠져나가고 마는 그런 것.

웬 허무주의냐고?
끝까지 들어 봐.

그것 알고 있어?

파도에 쓸려 간 그 흙들은
흘러가 없어져 버리는 것이 아니라,
그저 '다른 곳'으로 옮겨 가는 거란 거.

그 어떤 '다른 곳'에 다다르면,
아주 오랜 시간 동안
층층이 쌓이고 쌓이기 시작해
그리고 그 쌓인 흙들은 '지층'이 되어
내가 서는 땅이 되어 주고, 오르는 산이 되어 준다는 거.

309

매일

카카오톡, 전화, 카페에 함께하던 친구가,
내 눈앞에서 잠시 멀어진다고
그들이 내 '친구'가 아닌 것도,
나를 생각하지 않는 것도 아니란 거 알잖아?
땅은, 내가 지금 밟고 있는 그것이 전부가 아냐.

그 아래에 수십 개의 지층들은
여전히 나를 지탱하고 있고,
내가 설 땅이 되어 주고 있다는 걸
우린 이미 중학교 때 배웠잖아?

의존하지 않기

그렇게

내 손안의 한줌 흙에서 벗어나,
나를 서게 하고 걷게 하는
지층 같은 친구들이 켜켜이 쌓여 갈수록,
언젠가 반드시 만나게 될 거야.
일주일간 단 한 통의 카카오톡이 오지 않아도
외롭지 않은 나.

내 곁에 있는 사람이 아닌,

내 '속'에 있는 사람을
헤아릴 줄 아는 나.

언니,

대학 졸업장,
남들 다 따는데 남들 다 한다고 대학 나와야 하나요?
2년 전 대학 처음 들어가서 왕따를 당했었어요.
아무 이유 없이.
물론 그 친구들은 저의 어떤 점이
맘에 들지 않았을 수도 있어서 그런 거겠지만
정말 혼자만 딱 남겨지니까 정말 많이 힘들더라구요.
성격 자체가 내성적인데 대학 가서는 바꿔 보려고
이리저리 말도 걸고 적극적으로 대했는데 문제가 있었나 봐요.
그 뒤에 휴학을 하고 알바를 했는데 2년 쉬다 보니
더 돌아가기 싫어지더라구요.
알바 말고 정직원으로 바꿔서 다닐까 생각도 했구요.
그냥 정말 그때 혼자만 덩그러니 남겨졌던 그 기억이
저에게 너무나 선명하게 박혀서였는지
너무 크게 제 트라우마로 남아 버렸어요.
그 학교 입구에서부터 너무 싫어요.
다른 대학 가려니 제 성적이 터무니없이 안 좋았고
다시 수능 치기에는 자신이 없구요.

진짜 너무 고민이 많았어요. 결국 복학 신청은 해서
일단 내일 학교는 가는데 너무 무섭고 두려워요.
대학 안 가고 내가 하고 싶은 일하면서 살면 좋을 거 같은데
다른 사람들 시선 때문에 졸업장은 따야 될 거 같고
어떻게 해야 하나요?

자퇴 충동―대학 꼭 가야 하나요?

음. 그래 첫 등교 해 보니 어때?

여전히 엿 같니?

솔직히
나는 꼭 대학 나올 필요는 없다고 생각해.
대학을 나오지 않아도 잘사는 사람들은 살아.

근데 있잖아.
대학을 가지 않을 이유가
다른 큰 목표나 꿈이 있어서라면 극구 찬성인데,
대학에서 친구들에게 외면당했기 때문이라면 조금 슬픈 거 같아.

313

그리고...

그 순간의 괴로움이 너무나 컸고
너무나 벗어나고 싶다면
성적 걱정, 다시 수능 걱정보다
그것에 대한 두려움이 더욱 커야 한다고 봐.

나는 네가 다시 수능을 보든,

학교에서 어떻게든 적응하든,
부딪혀야 한다고 생각해.
남들처럼 대학 졸업장 때문이 아니야.
네 지금 그 경험이,

끝이 아닐 수도 있기 때문이지.

나중에

어떤 회사에,
직장에 정직원으로 입사해서
또 비슷한 경험을 겪게 된다고 해서

'직장…꼭 다녀야 하나요?'
라는 고민을
또 보낼 순 없잖아.

네 자신의 트라우마에 맞서서

극복을 해야 하는 마음.
그것이 앞으로 살아갈 너에게 총알로 장전될 수 있어야,
다른 어딘가에서 부딪힐 또 다른 외로움과
맞설 수 있지 않을까?

315

언니,

20대 여자예요.
너무 외로워서 어플통해서 한 남자를 만났어요.
어색했지만 좋았구요. 괜찮아요.
가끔 근처 호수에 가서 데이트도 하고,
오리 배도 타고 그랬어요. 매일 연락도 하구요.

그런데 여자 친구가 있었던 거 있죠.
그러면서도 계속 쭉 연락했어요.
아침마다, 저녁마다 연락이 왔구요.
얘 뭐지 그러다⋯여친이랑 삐그덕 하더군요.
제게 묻길 자기 책임져 달라고 하더라구요.
헤어지라고 하면 헤어질 거라고.
자기랑 사귀자면서 진심이라고 사귀자고 하더군요.

며칠 고민했지만 여친이랑은 헤어질 타이밍이었다 하고
사람은 좋은 거 같아 그러자 했어요.
근데 카톡 연락이 잘 없어요.
전화도 그전보다 못하구요.
오히려 사귀기 전이 연락이 더 잘 되었네요.
연락도 없고 대체 이게 뭐하는 건가 싶어요.

사귀고 이틀 만에 잠자리를 해서,
그것 때문이 아닌가 하는 후회를 해요.
그때 그 애는 쉬운 여자로 안 본다 걱정 말라고 했지만⋯
지금 교제 중인데 외로워요. 이게 사귀는 건가 싶구요.

데이트 어플 깐 남친

그거

사귀는 거라고 볼 수 없어.
그리고 너는 길게 사연을 보내 줬지만,
내 답은 간단해.
그놈은 아니야.

여친 있는데
어플 깐 놈은.

너랑 있어도
어플 쓸 놈이고.

여친 있으면서
너랑 오리 배 탄 놈은.

너랑 만나면서도
다른 년이랑
오리 배 탈 놈이야.

아니, 그걸 왜 몰라? 바보야.

318

데이트 어플 깐 남친

그러니

당연히 사귀고 있어도 외로운 거 아닐까?
여자로서 자기의 가치는 자기가 결정하는 거야.

내가
여왕 되느냐
여신 되느냐
어장 물고기 되느냐는

내가 선택한 남자가
어떤 놈이냐가 결정하는 거.

결국, 내 선택이란 거.

네, 선택이란 거.

언니,

저는 스물여덟 살 취준생입니다.
두 번의 취업을 실패하고,
지금 세 번째예요.

취업 준비가 무서운 것보다는
어떤 직장을 가야 내가 행복할지
무슨 일을 해야 할지 모르겠습니다.

남들 따라 대기업이나 공기업을
준비는 하고 있지만 이게 맞는 건지 모르겠어요.
그렇다고 딱히 다른 길도 모르겠습니다.
어떻게 하면 좋을까요?

오늘은

상당히 현실적인 이야기,
그리고 직접 써먹을 수 있는 방법을
좀 가르쳐 주려고 해.

수많은 취준생들이
진로를 찾기 위해
상담도 받고, 세미나도 듣고
그렇게 각고의 노력을 해서
고생고생 끝에 대기업에 입사를 하지만
그 힘들게 들어간 곳을

1년 만에 그만두는 사람이
매년 3만 명이 넘는 이유는 뭘까?

진로를 정할 때

고려해야 할 진짜 포인트는
'취준생의 눈으로 본 기업 환경'이 아니라
'진짜 다니면서 겪게 될 문제'들이야
무슨 소리냐?

회사를 그만둔다

라는 건

장점이 아무리 무수히 많아도
그 회사가 가진 '단점'이
내 삶을 위협할 정도로 큰 문제이기 때문이야.

근데 여기서 생각해 보자.

사람마다

중요시하는 가치는 모두 다르고
업종, 기업마다 사람을 쥐어짜는
스트레스 포인트도 모두 달라.

그 말인즉슨,

이 회사가 가진 장점이 나와 딱 맞아!
보다는

이 회사가 이런 단점이 있지만,
나는 이 부분은 크게 신경 안 쓰니까 괜찮아!
라고 생각하는 경우가

오래 회사를 다닐
확률이 높다 그 말이야.

취준생이고,

회사 다녀 본 적이 없는데 어떻게 아냐고?
기준이 뭐가 있냐고?
실제로 써먹을 수 있는 팁을 줄게.

내가 이곳저곳을 옮기며 만들어 본
'진로 선택의 7조건'인데 도움되길 바라.

다음의 7가지를 보고,
중요도 순서로 '오래 생각하지 말고'
줄을 세워 봐.

1. 급여(연봉, 월급)
2. 네임 밸류(우리딸 ○○다녀!)
3. 성장성(내 역량, 몸값이 성장하는가?)
4. 안정성(철밥통)
5. 적성(내가 흥미 있는 직무, 분야)
6. work & life 밸런스(칼퇴, 야근 없음)
7. 조직 문화(까라면 까, 회식 필참, 군대 문화)
이렇게 일곱 가지거든.

이게 바로
일반적으로 직장인들이

'퇴사'를 결심하는
가장 큰 사유들이야.

각자가 만든 순서표를 가지고
이제 무얼하느냐?

325

취준생들은

'회사를 잘 다니는' 사람들 얘기만 듣고
판단하는 경우가 있는데 그게 다가 아니다?

인터넷에 보면,
퇴사자들이 직장 정보를 공유하는
그런 사이트가 있어.
또는 자기 학교의 취업 게시판에서
자기가 중요하게 생각하는 1번, 2번 정도를
집중적으로 검색해 봐.

내게 맞는 직장 찾는 법─퇴사의 7조건

예를 들면,

나의 경우
조직 문화-WNB-성장성 세 개가 중요했고,

자유로운 분위기와
이른 퇴근이 보장되면서
내가 많이 배우고 성장해서
이직할 수 있는 그런 회사를 찾고 싶었어.
검색 결과 기업이 아닌 시민단체, 즉 NGO가
적합하다는 판단을 하게 되었지.

취준생도,

이직을 고민하는 친구들도
당장 직장을 새로 구하면
지금보다야 나을 것이다.
라는 생각을 하지만 말야.
내 생각은 달라.

아무도 울지 않는 직장은 없어.
단, 내가 아니길 바랄 수밖에.

취업,
천국이 되느냐
헬게이트가 열리느냐.

그것이 문제로다.

내게 맞는 직장 찾는 법-퇴사의 7조건